Sisi yang Berlawanan

Sisi yang Berlawanan

ALDIVAN TORRES

Canary Of Joy

Contents

1

Sisi yang Berlawanan
            Aldivan Torres
Sisi yang Berlawanan

Penulis: Aldivan Torres
© 2017-Aldivan Torres
Semua hak dilindungi undang-undang

Buku ini, termasuk semua bagiannya, dilindungi oleh hak cipta dan tidak dapat diperbanyak tanpa izin Penulis, dijual kembali atau ditransfer.

Biografi Singkat: Aldivan Torres menciptakan seri peramal, seri anak-anak terang, puisi dan skenario. Entah bagaimana, dia merebut kembali tulisannya. Ini terjadi pada babak kedua dari 2013. Sejak itu, dia tidak pernah berhenti. Ia berharap tulisannya dapat berkontribusi pada Pernambuco dan budaya Brasil, membangkitkan kenikmatan membaca bagi mereka yang belum memiliki kebiasaan. Lema-Nya adalah, "Untuk sastra, kesetaraan, persaudaraan, keadilan, kehormatan dan kehormatan untuk selamanya."

"Kerajaan Surga seperti orang yang menabur benih yang baik di ladang. Suatu malam, ketika semua sedang tidur, musuhnya datang dan menabur rumput liar di antara gandum, dan melarikan diri. Ketika gandum tumbuh, dan telinga mulai terbentuk, maka muncullah rumput liar. Para karyawan mencari pemiliknya, dan berkata kepadanya. "Tuan, bukankah Anda menabur benih yang baik di ladang Anda? Dari mana datangnya, lalang?" Pemiliknya menjawab: "'Apakah musuh yang telah melakukan ini." Para karyawan bertanya: "Haruskah kita mencabut rumput liar?" Pemiliknya menjawab: "Tidak. Bisa jadi setelah mencabut rumput liar, Anda juga mendapatkan gandum. Biarkan tumbuh bersama sampai panen. Dan pada saat panen saya akan berkata kepada penabur: Mulailah dulu dengan gulma dan ikat dalam ikatan untuk dibakar. Kemudian kumpulkan gandum itu ke dalam lumbungku. "Matius 13: 24-30.

Era Baru

Setelah upaya yang gagal untuk menerbitkan buku, saya merasakan kekuatan saya pulih dan diperkuat. Bagaimanapun, saya percaya pada bakat saya dan saya memiliki keyakinan bahwa saya akan mewujudkan impian saya. Saya belajar bahwa segala sesuatu terjadi pada waktunya sendiri dan saya percaya diri saya cukup dewasa untuk mewujudkan tujuan saya. Ingatlah selalu: Ketika kita benar-benar menginginkan sesuatu, dunia berkonspirasi untuk mewujudkannya. Itulah yang saya rasakan: diperbarui dengan kekuatan. Menengok ke belakang, saya teringat akan karya-karya yang saya baca dahulu kala yang tentunya memperkaya budaya dan pengetahuan saya. Buku membawa kita melewati atmosfer dan alam semesta yang tidak kita kenal. Saya merasa bahwa saya perlu menjadi bagian dari sejarah ini, sejarah besar yaitu sastra. Tidak masalah jika saya tetap anonim atau menjadi penulis hebat yang diakui di seluruh dunia. Yang penting adalah kontribusi yang diberikan masing-masing untuk alam semesta yang besar ini.

Saya senang atas sikap baru ini dan saya bersiap untuk melakukan perjalanan yang hebat. Perjalanan ini akan mengubah nasib saya dan juga nasib mereka yang sabar membaca buku ini. Mari kita pergi bersama dalam petualangan ini.

Persiapan

Saya mengemas koper saya dengan barang-barang pribadi saya

yang paling penting: Beberapa pakaian, beberapa buku bagus, salib dan kitab suci saya yang tidak terpisahkan dan beberapa kertas untuk ditulis. Saya merasa akan mendapatkan banyak inspirasi dari perjalanan ini. Siapa tahu, mungkin saya akan menjadi penulis kisah tak terlupakan yang turun dalam sejarah. Namun, sebelum saya pergi, saya harus mengucapkan selamat tinggal kepada semua (terutama ibu saya). Dia terlalu protektif dan tidak akan membiarkan saya pergi tanpa alasan yang baik atau setidaknya dengan janji bahwa saya akan segera kembali. Saya merasa bahwa suatu hari saya harus berseru kebebasan dan terbang sebagai burung yang telah menciptakan sayapnya sendiri ... dan dia harus memahami ini, karena saya bukan miliknya, melainkan milik alam semesta yang menyambut saya tanpa membutuhkan apa pun dari saya sebagai imbalan. Demi alam semesta saya telah memutuskan untuk menjadi seorang penulis dan memenuhi peran saya serta mengembangkan bakat saya. Ketika saya tiba di ujung jalan dan telah membuat sesuatu dari diri saya sendiri, saya akan siap untuk masuk ke dalam persekutuan dengan pencipta dan mempelajari rencana baru. Saya yakin saya juga akan memiliki peran khusus di dalamnya.

Saya memegang koper saya dan dengan ini saya merasa kesedihan meningkat dalam diri saya. Berbagai pertanyaan muncul di benak dan mengganggu saya: Seperti apa perjalanan ini? Akankah hal yang tidak diketahui berbahaya? Tindakan pencegahan apa yang harus saya ambil? Yang aku tahu adalah bahwa itu akan menarik untuk tujuan saya dan saya bersedia untuk melakukannya. Saya memegang koper saya (lagi) dan sebelum pergi, saya mencari keluarga saya untuk mengucapkan selamat tinggal. Ibuku sedang di dapur menyiapkan makan siang dengan adikku. Saya mendekat dan membahas masalah krusial.

"Lihat tas ini? Ini akan menjadi satu-satunya pendamping saya (kecuali Anda, pembaca) dalam perjalanan yang siap saya lakukan. Saya mencari kebijaksanaan, pengetahuan dan kesenangan dari profesi saya. Saya harap Anda berdua memahami dan menyetujui keputusan yang saya ambil. Datang; beri aku pelukan dan harapan baik.

"Anakku, lupakan tujuanmu karena itu mustahil bagi orang miskin seperti kita. Saya sudah mengatakan seribu kali: Anda tidak akan menjadi idola atau sejenisnya. Kau tahu, kau tidak dilahirkan untuk menjadi orang yang hebat — Kata Julieta, ibuku.

"Dengarkan ibu kita. Dia tahu apa yang dia bicarakan dan benar sekali. Impian Anda tidak mungkin karena Anda tidak memiliki bakat. Terimalah bahwa misi Anda hanyalah menjadi guru matematika sederhana. Anda tidak akan melangkah lebih jauh dari itu — Kata Dalva, Saudari saya.

"Jadi, tidak ada pelukan? Mengapa kalian tidak percaya bahwa saya bisa sukses? Saya jamin: Bahkan jika saya membayar untuk mewujudkan impian saya, saya akan sukses karena orang hebat adalah dia yang percaya pada dirinya sendiri. Saya akan melakukan perjalanan ini dan saya akan menemukan segala sesuatu yang perlu diungkapkan. Saya akan bahagia karena kebahagiaan terdiri dari mengikuti jalan yang dicerahkan Tuhan di sekitar kita sehingga kita menjadi pemenang.

Karena itu, saya mengarahkan diri saya ke pintu dengan kepastian bahwa saya akan menjadi pemenang dalam perjalanan ini: perjalanan yang akan membawa saya ke tujuan yang tidak diketahui.

Gunung Suci

Dahulu kala, saya mendengar tentang gunung yang sangat tidak ramah di daerah Pesqueira. Ini adalah bagian dari pegunungan Ororubá (nama asli) tempat tinggal masyarakat adat Xukuru. Mereka mengatakan bahwa itu menjadi suci setelah kematian dukun misterius dari salah satu suku Xukuru. Ia mampu membuat keinginan menjadi kenyataan, selama niatnya murni dan tulus. Ini adalah titik awal perjalanan saya yang bertujuan untuk membuat yang tidak mungkin menjadi mungkin. Apakah Anda percaya pembaca? Kemudian tetap dengan saya memberikan perhatian khusus pada narasinya.

Mengikuti jalan raya BR-232, Menuju ke kota Pesqueira, kira-kira lima belas mil dari pusat, adalah Mimoso, salah satu distriknya. Sebuah jembatan modern, yang baru dibangun, memberikan akses ke tempat di antara pegunungan Mimoso dan Ororubá, bermandikan

Sungai Mimoso yang mengalir ke dasar lembah. Gunung suci tepat pada titik ini dan di sanalah saya mengemudi.

Gunung suci itu terletak di sebelah kabupaten dan dalam waktu singkat saya berada di kaki gunung itu. Pikiranku mengembara melalui ruang dan waktu yang jauh membayangkan situasi dan fenomena yang tidak diketahui. Apa yang menungguku saat mendaki gunung ini? Ini pasti akan menghidupkan kembali dan merangsang pengalaman. Gunung ini bertubuh pendek (2.300 kaki) dan dengan setiap langkah saya merasa lebih percaya diri, tetapi juga penuh harapan. Kenangan muncul di benak saya tentang pengalaman intens yang telah saya jalani selama dua puluh enam tahun saya. Dalam kurun waktu yang singkat ini, ada banyak kejadian luar biasa yang membuat saya percaya bahwa saya istimewa. Secara bertahap, saya bisa berbagi kenangan ini dengan Anda, pembaca, tanpa rasa bersalah. Namun, ini bukan waktunya. Saya akan terus mendaki gunung untuk mencari semua keinginan saya. Inilah yang saya harapkan dan untuk pertama kalinya saya lelah. Saya telah menempuh setengah dari rute tersebut. Saya tidak merasakan kelelahan fisik tetapi terutama mental karena suara-suara aneh yang meminta saya untuk kembali. Mereka cukup bersikeras. Namun, saya tidak mudah menyerah. Saya ingin mencapai puncak gunung untuk segala sesuatu yang berharga. Gunung bernafas bagi saya dengan hawa perubahan yang memancarkan bagi mereka yang percaya pada kesuciannya. Ketika saya sampai di sana, saya pikir saya akan tahu persis apa yang harus saya lakukan untuk mencapai jalan yang akan menuntun saya melalui perjalanan yang telah lama saya nantikan ini. Saya menjaga iman dan tujuan saya karena saya memiliki Tuhan yang merupakan Tuhan yang mustahil. Ayo terus berjalan.

Aku sudah melewati tiga perempat jalan tapi tetap saja aku dikejar oleh suara-suara itu. Siapa saya? Kamana aku akan pergi? Mengapa saya merasa hidup saya akan berubah secara dramatis setelah pengalaman di gunung? Terlepas dari suara-suara itu, sepertinya saya sendirian di jalan. Mungkinkah penulis lain merasakan hal yang sama melalui jalan suci? Saya pikir mistisisme tidak akan seperti yang lain. Saya harus melanjutkan, saya harus mengatasi dan menahan semua rintangan. Duri yang melukai tubuh saya sangat berbahaya bagi manusia. Jika saya selamat dari pendakian ini, saya sudah menganggap diri saya sebagai pemenang.

Selangkah demi selangkah, saya semakin dekat ke puncak. Saya sudah hanya beberapa meter darinya. Keringat yang mengalir di tubuhku sepertinya tertanam dengan aroma sakral gunung. Saya berhenti sebentar. Akankah orang yang saya cintai khawatir? Nah, itu tidak masalah sekarang. Saya harus memikirkan diri saya sendiri, saat ini, untuk mencapai puncak gunung. Masa depan saya bergantung padanya. Tinggal beberapa langkah lagi dan saya sampai di puncak. Angin dingin bertiup, suara-suara tersiksa membingungkan alasan saya dan saya merasa tidak enak badan. Suara-suara itu berteriak:

"Dia berhasil, dia akan dihadiahkan! -Apakah Dia layak? -Bagaimana dia berhasil mendaki seluruh gunung? Saya bingung dan pusing; Saya tidak berpikir saya baik-baik saja.

Burung menangis, dan matahari benar-benar membelai wajahku. Saya merasa seolah-olah saya mabuk sehari sebelumnya. Saya mencoba untuk bangkit tetapi sebuah lengan menghalangi saya. Saya melihat bahwa di sisi saya adalah seorang wanita paruh baya, dengan rambut merah dan kulit kecokelatan.

"Kamu siapa? Apa yang terjadi padaku Seluruh tubuhku sakit. Pikiranku terasa bingung dan kabur. Apakah berada di puncak gunung yang menyebabkan semua ini? Saya pikir saya seharusnya tetap tinggal di rumah saya. Impian saya telah mendorong saya hingga saat ini. Saya mendaki gunung secara perlahan, penuh harapan untuk masa depan yang lebih baik dan beberapa arah menuju pertumbuhan pribadi. Namun, saya praktis tidak bisa bergerak. Jelaskan semua ini kepada saya, saya mohon.

"Aku adalah penjaga gunung. Akulah roh Bumi yang berhembus ke sini dan kamu. Saya dikirim ke sini karena Anda memenangkan tantangan. Apakah Anda ingin mewujudkan impian Anda? Saya akan membantu Anda melakukannya, anak Tuhan! Anda masih memiliki banyak tantangan untuk dihadapi. Saya akan mempersiapkan Anda. Jangan takut. Tuhanmu bersamamu. Istirahat sebentar. Saya akan kembali dengan makanan dan air untuk memenuhi kebutuhan Anda. Sementara itu, rileks dan bermeditasi seperti yang biasa Anda lakukan.

Karena itu, wanita itu menghilang dari pandanganku. Gambar yang mengganggu ini membuat saya lebih tertekan dan penuh keraguan. Tantangan apa yang harus saya menangkan? Terdiri dari langkah-langkah apa tantangan ini? Puncak gunung benar-benar tempat yang sangat indah dan tenang. Dari atas, terlihat gumpalan kecil rumah-rumah di Mimoso. Ini adalah dataran tinggi yang dipenuhi dengan jalur curam yang penuh dengan tumbuhan di semua sisinya. Tempat suci ini, tidak tersentuh oleh alam, akankah itu benar-benar memenuhi rencanaku? Apakah itu akan menjadikan saya seorang penulis setelah kepergian saya? Hanya waktu yang bisa menjawab pertanyaan-pertanyaan ini. Karena wanita itu butuh waktu lama, saya mulai bermeditasi di puncak gunung. Saya menggunakan teknik berikut: Pertama, saya menjernihkan pikiran (bebas dari pikiran apa pun). Saya mulai selaras dengan alam di sekitar saya, secara mental merenungkan seluruh tempat. Dari sana, saya mulai memahami bahwa saya adalah bagian dari alam dan bahwa kita sepenuhnya terhubung dalam sebuah ritual persekutuan yang agung. Keheningan saya adalah keheningan Ibu Pertiwi; tangisanku juga tangisannya; Lambat laun, saya mulai merasakan keinginan dan aspirasinya, begitu pula sebaliknya. Saya merasakan tangisan tertekannya untuk meminta tolong agar hidupnya diselamatkan dari kehancuran manusia: Penggundulan hutan, penambangan yang berlebihan, perburuan dan penangkapan ikan, emisi gas polutan ke atmosfer dan kekejaman manusia lainnya. Demikian juga, dia mendengarkan saya dan mendukung saya dalam semua rencana saya. Kami benar-benar saling terkait selama meditasi saya. Semua harmoni dan keterlibatan telah membuat saya benar-benar tenang dan berkonsentrasi pada keinginan saya. Sampai sesuatu berubah: Saya merasakan sentuhan yang sama yang pernah membangunkan saya. Aku membuka mataku, perlahan, dan melihat bahwa aku berhadapan langsung dengan wanita yang sama yang menyebut dirinya penjaga gunung suci.

"Aku melihat bahwa kamu memahami rahasia meditasi. Gunung

telah membantu Anda menemukan sedikit potensi Anda. Anda akan tumbuh dalam banyak hal. Saya akan membantu Anda selama proses ini. Pertama, saya meminta Anda beralih ke alam untuk menemukan kasau, bilah, alat peraga, dan tali untuk mendirikan gubuk, lalu kayu bakar untuk membuat api unggun. Malam sudah dekat dan Anda harus melindungi diri dari binatang buas. Mulai besok, saya akan mengajari Anda kebijaksanaan hutan sehingga Anda dapat mengatasi tantangan sebenarnya: Gua keputusasaan. Hanya orang yang berhati murni yang selamat dari api analisisnya. Apakah Anda ingin mewujudkan impian Anda? Kemudian bayar harga untuk mereka. Alam semesta tidak memberikan apa-apa gratis. Kitalah yang harus menjadi layak untuk mencapai kesuksesan. Ini adalah pelajaran yang harus kamu pelajari, anakku.

"Saya mengerti. Mudah-mudahan saya akan mempelajari semua yang saya butuhkah untuk mengatasi tantangan gua. Saya tidak tahu apa itu tapi saya yakin. Jika saya berhasil mengalahkan gunung, saya juga akan berhasil di dalam gua. Ketika saya pergi, saya pikir saya akan siap untuk menang dan sukses.

"Tunggu, jangan terlalu percaya diri. Anda tidak tahu gua yang saya bicarakan. Ketahulah bahwa banyak pejuang telah dicoba oleh apinya dan dihancurkan. Gua itu tidak menunjukkan belas kasihan kepada siapa pun, bahkan para pemimpi. Bersabarlah dan pelajari semua yang akan saya ajarkan kepada Anda. Dengan demikian, Anda akan menjadi pemenang sejati. Ingat: Kepercayaan diri membantu, tetapi hanya dengan jumlah yang tepat.

"Saya mengerti. Terima kasih atas semua saran Anda. Saya berjanji kepada Anda bahwa saya akan mengikutinya sampai akhir. Ketika keputusasaan keraguan menerpa saya, saya akan mengingatkan diri saya akan kata-kata Anda dan juga mengingatkan diri saya sendiri bahwa Tuhan saya akan selalu menyelamatkan saya. Ketika tidak ada jalan keluar di malam yang gelap jiwa saya tidak akan takut. Aku akan mengalahkan gua keputusasaan, gua yang tak seorang pun bisa lolos!

Wanita itu mengucapkan selamat tinggal secara damai menjanjikan kembali pada hari lain.

Pondok

Hari baru muncul. Burung bersiul dan menyanyikan melodi mereka, angin timur laut dan angin sepoi-sepoi menyegarkan matahari yang terbit sangat terik sepanjang tahun ini. Saat ini, bulan Desember dan bagi saya bulan ini merupakan salah satu bulan terindah karena merupakan awal liburan sekolah. Ini adalah istirahat yang layak setelah tahun yang panjang didedikasikan untuk belajar di kursus Matematika perguruan tinggi; Saat Anda bisa melupakan semua integral, turunan, dan koordinat kutub. Sekarang saya perlu khawatir tentang semua tantangan yang akan dilemparkan hidup kepada saya. Mimpiku bergantung padanya. Punggung saya sakit akibat tidur malam yang buruk terbaring di atas tanah yang telah saya persiapkan sebagai tempat tidur. Gubuk yang saya bangun dengan usaha yang luar biasa dan api yang saya nyalakan memberi saya keamanan yang cukup di malam hari. Namun, saya mendengar lolongan dan langkah kaki di luarnya. Kamana impian saya membawa saya? Jawabannya adalah ke ujung dunia di mana peradaban belum tiba. Apa yang akan Anda lakukan, pembaca? Apakah Anda juga akan mengambil risiko melakukan perjalanan untuk mewujudkan impian terdalam Anda? Mari lanjutkan narasinya.

Terbungkus dalam pikiran dan pertanyaan saya sendiri, sedikit yang saya sadari bahwa, di sisi saya, adalah wanita aneh yang berjanji untuk membantu saya dalam perjalanan saya.

"Apakah kamu tidur dengan nyenyak?

"Jika baik berarti saya masih utuh, ya.

"Sebelumnya, saya harus memperingatkan Anda bahwa tanah yang Anda tapaki adalah suci. Karena itu, jangan terkecoh oleh penampilan atau impulsif. Hari ini adalah tantangan pertama Anda. Aku tidak akan membawakanmu makanan atau air lagi. Anda akan menemukannya dengan akun Anda sendiri. Ikuti kata hati Anda dalam segala situasi. Anda harus membuktikan bahwa Anda layak.

"Ada makanan dan air di semak ini dan aku harus mengumpulkannya? Lihat, Nyonya, saya terbiasa berbelanja di supermarket. Lihat kabin ini? Hal ini telah membuat saya berkeringat dan menangis, dan saya tetap tidak berpikir bahwa itu aman. Mengapa Anda tidak memberi saya hadiah yang saya butuhkah? Saya pikir saya telah membuktikan diri saya layak saat saya mendaki gunung yang curam itu.

"Cari makanan dan air. Gunung hanyalah satu langkah dalam proses peningkatan spiritual Anda. Anda masih belum siap. Saya harus mengingatkan Anda bahwa saya tidak memberikan hadiah. Saya tidak punya kekuatan untuk melakukannya. Saya hanyalah anak panah yang menunjukkan jalan. Gua inilah yang mengabulkan keinginan Anda. Itu disebut gua keputusasaan yang dicari oleh mereka yang mimpinya menjadi tidak mungkin.

"Aku akan mencoba. Saya tidak akan rugi apa-apa. Gua adalah harapan terakhir saya untuk sukses.

Setelah mengatakan ini, saya bangun dan memulai tantangan pertama. Wanita itu menghilang seperti asap.

Tantangan Pertama

Sekilas, saya melihat bahwa di depan saya ada jalan setapak. Saya mulai menuruninya. Sebagai pengganti semak yang penuh duri, yang terbaik adalah mengikuti jejak. Batu-batu yang disapu langkahku sepertinya memberitahuku sesuatu. Mungkinkah saya berada di jalan yang benar? Saya memikirkan semua yang saya tinggalkan untuk mencari impian saya: Rumah, makanan, pakaian bersih, dan buku matematika saya. Apakah ini sangat berharga? Saya pikir saya akan mencari tahu. (Waktu akan menjawab). Wanita aneh itu sepertinya tidak memberitahuku segalanya. Semakin banyak saya berjalan, semakin sedikit yang saya temukan. Bagian atas tampaknya tidak seluas sekarang setelah saya tiba. Sebuah cahaya ... Saya melihat cahaya di depan. Saya harus pergi ke sana. Saya tiba di tempat terbuka yang luas di mana sinar matahari memantulkan dengan jelas penampakan gunung. Jejak itu berakhir dan terlahir kembali ke dalam dua jalan yang berbeda. Apa yang saya lakukan? Saya telah berjalan berjam-jam dan kekuatan saya sepertinya telah habis. Saya duduk sejenak untuk istirahat. Dua jalur dan dua pilihan. Berapa kali dalam hidup kita dihadapkan pada situasi seperti ini; Pengusaha yang harus memilih antara kelangsungan hidup perusahaan atau pemberhentian beberapa karyawan; Ibu miskin dari daerah pedalaman di bagian Timur Laut Brasil, yang harus memilih salah satu anaknya untuk diberi makan; Suami yang tidak setia yang harus memilih antara istri dan majikannya; Bagaimanapun, ada banyak situasi berbeda dalam hidup. Keuntungan saya adalah pilihan saya hanya akan mempengaruhi diri saya sendiri. Saya harus mengikuti intuisi saya seperti yang direkomendasikan wanita itu.

Saya bangun dan saya memilih jalan di sebelah kanan. Saya membuat langkah besar di jalan ini dan tidak butuh waktu lama untuk melihat tempat terbuka lainnya. Kali ini, saya menemukan genangan air dan beberapa hewan di sekitarnya. Mereka mendinginkan diri di air yang jernih dan transparan. bagaimana saya harus melanjutkan? Saya akhirnya menemukan air tetapi penuh dengan binatang. Saya berkonsultasi dengan hati saya dan itu memberi tahu saya bahwa setiap orang berhak atas air. Saya tidak bisa begitu saja menembak mereka dan menghilangkannya juga. Alam memberikan sumber daya yang melimpah untuk kelangsungan hidup masyarakatnya. Saya hanyalah salah satu untaian di web yang terjalinnya. Saya tidak superior sampai saya menganggap diri saya masternya. Dengan tangan saya, saya meraih air dan menuangkannya ke dalam panci kecil yang saya bawa dari rumah. Bagian pertama dari tantangan tersebut terpenuhi. Sekarang saya harus mencari makanan.

Saya terus berjalan, di jalan setapak, berharap menemukan sesuatu untuk dimakan. Perutku keroncongan karena sudah lewat siang. Saya mulai melihat ke sisi jalan setapak. Mungkin makanannya ada di dalam hutan. Seberapa sering kita mencari jalan termudah tetapi bukan itu yang mengarah pada kesuksesan? (Tidak setiap pendaki yang mengikuti jalan setapak adalah yang pertama mencapai puncak gunung). Pintasan dengan cepat mengarahkan Anda ke target. Dengan pemikiran ini, saya meninggalkan jalan setapak dan tidak lama kemudian menemukan pisang dan pohon kelapa. Dari merekalah saya akan mendapatkan makanan saya. Saya harus mendaki mereka dengan kekuatan dan keyakinan yang sama seperti saat saya mendaki gunung.

Saya mencoba satu, dua, tiga kali. Saya berhasil. Saya akan kembali ke gubuk sekarang karena saya telah menyelesaikan tantangan pertama.

Tantangan Kedua

Sesampainya di gubukku, aku menemukan penjaga gunung yang tampil lebih cemerlang dari sebelumnya. Matanya tidak pernah menyimpang dari mataku. Saya pikir saya sangat spesial bagi Tuhan. Saya merasakan kehadirannya setiap saat. Dia membangkitkan saya dalam segala hal. Ketika saya menganggur, Dia membuka pintu; ketika saya tidak memiliki kesempatan untuk tumbuh secara profesional, Dia memberi saya jalan baru; ketika di saat-saat krisis, Dia membebaskan saya dari belenggu Setan. Bagaimanapun, ekspresi persetujuan dari wanita asing itu mengingatkan saya pada pria yang saya alami hingga baru-baru ini. Tujuan saya saat ini adalah untuk menang terlepas dari rintangan yang harus saya atasi.

"Jadi, kamu memenangkan tantangan pertama. Saya ucapkan selamat (Seru wanita itu). Tantangan pertama bertujuan untuk mengeksplorasi kebijaksanaan dan kemampuan Anda untuk membuat keputusan dan berbagi. Kedua jalur mewakili "Sisi Berlawanan" yang mengatur alam semesta (baik dan jahat). Seorang manusia benar-benar bebas memilih jalan mana pun. Jika seseorang memilih jalan di sebelah kanan, dia akan diterangi dengan bantuan malaikat di semua momen hidupnya. Itu adalah jalan yang Anda pilih. Namun, itu bukanlah jalan yang mudah. Keraguan akan menyerang Anda dan Anda akan bertanya-tanya apakah jalan ini bahkan sepadan. Orang-orang di dunia akan selalu terluka dan memanfaatkan niat baik Anda. Selain itu, kepercayaan diri yang Anda berikan kepada orang lain hampir selalu mengecewakan Anda. Saat Anda marah, ingatlah: Tuhan Anda kuat dan Dia tidak akan pernah meninggalkan Anda. Jangan biarkan kekayaan atau nafsu merusak hati Anda. Anda istimewa dan karena nilai Anda, Tuhan menganggap Anda sebagai putranya. Jangan pernah jatuh dari kasih karunia ini. Jalan di sebelah kiri adalah milik setiap orang yang memberontak atas panggilan Tuhan. Kita semua dilahirkan dengan misi ilahi. Namun, ada yang menyimpang darinya dengan materialisme, pengaruh buruk, kerusakan hati. Mereka yang memilih jalan di sebelah kiri tidak berakhir dengan masa depan yang menyenangkan, Yesus mengajar kita. Setiap pohon yang tidak menghasilkan buah yang baik akan dicabut dan dibuang ke kegelapan luar. Ini adalah takdir orang jahat karena Tuhan adil. Saat itu Anda menemukan lubang air dan hewan-hewan menyediakan itu, hati Anda berbicara lebih keras. Dengarkan selalu dan Anda akan pergi jauh. Karunia berbagi bersinar pada Anda pada saat itu dan pertumbuhan spiritual Anda mengejutkan. Kebijaksanaan bahwa Anda telah membantu Anda menemukan makanan. Jalan termudah tidak selalu yang tepat untuk diikuti. Saya pikir sekarang Anda siap untuk tantangan kedua. Dalam tiga hari, Anda akan keluar dari gubuk Anda dan mencari fakta. Bertindak sesuai dengan hati nurani Anda. Jika Anda lulus, Anda akan melanjutkan ke tantangan ketiga dan terakhir.

"Terima kasih sudah menemaniku selama ini. Saya tidak tahu apa yang menanti saya di dalam gua dan saya juga tidak tahu apa yang akan terjadi pada saya. Kontribusi Anda sangat penting bagi saya. Sejak saya mendaki gunung, saya merasa hidup saya telah berubah. Saya lebih tenang dan percaya diri dengan apa yang saya inginkan. Saya akan menyelesaikan tantangan kedua.

"Sangat baik. Sampai jumpa tiga hari dari sekarang.

Karena itu, wanita itu menghilang sekali lagi. Dia meninggalkan saya sendirian dalam kesunyian malam bersama dengan jangkrik, nyamuk, dan serangga lainnya.

Hantu Gunung

Malam tiba di atas gunung. Saya menyalakan api dan gemerincingnya menenangkan hati saya. Sudah dua hari sejak aku mendaki gunung dan masih terasa asing bagiku. Pikiranku mengembara dan mendarat di masa kecilku: Lelucon, ketakutan, tragedi. Aku ingat dengan baik hari ketika aku berpakaian seperti orang India: Dengan busur, panah dan kecerdasan. Sekarang, saya berada di gunung yang dikeramatkan, tepatnya karena kematian seorang lelaki pribumi misterius (Ahli Pengobatan dari suku tersebut). Saya harus memikirkan hal lain karena ketakutan membekukan jiwa saya. Suara-suara yang memekakkan telinga mengelilingi gubuk saya dan saya tidak tahu apa atau siapa mereka. Bagaimana seseorang mengatasi ketakutannya pada saat-saat seperti ini? Jawab saya pembaca karena saya tidak tahu. Gunung itu masih belum saya kenal.

Suara itu semakin mendekat dan aku tidak punya tempat untuk melarikan diri. Meninggalkan gubuk itu bodoh karena aku bisa ditelan oleh binatang buas. Saya harus menghadapi apa pun itu. Kebisingan berhenti dan cahaya muncul. Itu membuatku semakin takut. Dengan dorongan keberanian, saya berseru:

"Dalam nama Tuhan, siapa di sana?"

Sebuah suara, yang diarsir dengan dentingan tidak jelas, menjawab:

"Aku adalah pejuang pemberani yang gua keputusasaan telah dihancurkan. Serahkan mimpimu atau kamu akan mengalami nasib yang sama. Saya adalah seorang pria pribumi kecil dari sebuah desa di Negara Xukuru. Saya bercita-cita menjadi kepala suku saya dan menjadi lebih kuat dari singa. Jadi, saya melihat ke gunung suci untuk mencapai tujuan saya. Saya memenangkan tiga tantangan yang dipaksakan oleh penjaga gunung kepada saya. Namun, saat memasuki gua, saya ditelan oleh apinya yang menghancurkan hati dan cita-cita saya. Hari ini, semangat saya menderita dan terpaku tanpa harapan di gunung ini. Dengarkan aku atau kamu akan mengalami nasib yang sama.

Suaraku membeku di tenggorokanku dan sesaat aku tidak bisa menanggapi roh yang tersiksa itu. Dia telah meninggalkan tempat tinggal, makanan, lingkungan keluarga yang hangat. Saya memiliki dua tantangan tersisa di dalam gua, gua yang dapat membuat hal yang tidak mungkin menjadi kenyataan. Saya tidak akan menyerah begitu saja pada impian saya.

"Dengarkan aku, pejuang pemberani. Gua itu tidak melakukan keajaiban kecil. Jika saya di sini, itu untuk alasan yang mulia. Saya tidak membayangkan barang-barang materi. Impian saya melampaui itu.

Saya ingin mengembangkan diri saya secara profesional dan spiritual. Singkatnya, saya ingin bekerja melakukan apa yang saya nikmati, menghasilkan uang secara bertanggung jawab, dan berkontribusi dengan bakat saya untuk alam semesta yang lebih baik. Saya tidak menyerah pada impian saya dengan mudah.

Hantu itu menjawab:

"Anda tahu gua dan jebakannya? Kau hanya seorang pemuda miskin yang tidak menyadari hambatan berbahaya di jalan yang kau ikuti. Penjaga adalah penipu yang menipu Anda. Dia ingin menghancurkanmu.

Desakan hantu itu membuatku kesal. Apakah dia mengenalku, secara kebetulan? Tuhan, dalam belas kasihannya, tidak akan membiarkan kegagalan saya. Tuhan dan Perawan Maria selalu berada di sisi saya secara efektif. Buktinya adalah berbagai penampakan Perawan sepanjang hidup saya. Dalam " Visi dari Medium " (sebuah buku yang belum saya terbitkan) sebuah adegan digambarkan di mana saya duduk di bangku di sebuah alun-alun, burung dan angin mengganggu saya, dan saya berpikir mendalam tentang dunia dan kehidupan. secara umum. Tiba-tiba, muncul sesosok wanita yang setelah melihatku bertanya:

"Apakah kamu percaya pada Tuhan, anakku?

Saya segera menjawab:

"Tentu, dan dengan semua keberadaan saya.

Seketika, dia meletakkan tangannya di atas kepala saya dan berdoa:

"Semoga Tuhan kemuliaan menutupi Anda dalam terang dan memberi Anda banyak hadiah.

Mengatakan ini, dia pergi, dan ketika aku menyadarinya, dia tidak lagi di sisiku. Dia menghilang begitu saja.

Itu adalah penampakan pertama Perawan dalam hidupku. Sekali lagi, menyamar sebagai pengemis, dia mendatangi saya untuk meminta kembalian. Dia berkata bahwa dia adalah seorang petani dan belum pensiun. Dengan mudah, saya memberinya beberapa koin yang saya miliki di saku saya. Setelah menerima uang itu, dia berterima kasih kepada saya dan ketika saya menyadarinya, dia telah menghilang. Di gunung, pada saat itu, aku sama sekali tidak ragu bahwa Tuhan mencintaiku dan Dia ada di sisiku. Oleh karena itu, saya menanggapi hantu dengan kekasaran tertentu.

"Aku tidak akan mendengarkan nasihatmu. Saya tahu batasan dan keyakinan saya. Pergi! Pergi menghantui rumah atau semacamnya. Tinggalkan aku sendiri!

Lampu padam dan aku mendengar suara langkah meninggalkan gubuk. Saya bebas dari hantu.

Hari H

Tiga hari telah berlalu sejak tantangan kedua. Saat itu Jumat pagi, cerah, cerah, dan cerah. Saya sedang merenungkan cakrawala pagi ini ketika wanita asing itu mendekat.

"Apakah kamu siap? Cari kejadian yang tidak biasa di hutan dan bertindak sesuai dengan prinsip Anda. Ini adalah ujian kedua Anda.

"Baiklah, selama tiga hari aku menunggu momen ini. Saya pikir saya sudah siap.

Terburu-buru, saya menuju ke jalan setapak terdekat yang memberikan akses ke hutan. Langkahku mengikuti dengan irama yang hampir seperti musik. Apa sebenarnya tantangan kedua ini? Kegelisahan menguasai saya dan langkah saya dipercepat untuk mencari tujuan yang tidak diketahui. Tepat di depan muncul sebuah celah di jalan setapak yang menyimpang dan terpisah. Tetapi ketika saya sampai di sana, yang mengejutkan saya, percabangan itu hilang dan saya malah melihat adegan berikut: seorang anak laki-laki, diseret oleh orang dewasa, menangis dengan keras. Emosi menguasai saya di hadapan ketidakadilan dan oleh karena itu saya berseru:

"Biarkan anak itu pergi! Dia lebih kecil dari Anda dan tidak bisa membela diri.

"Saya tidak akan! Saya memperlakukan dia seperti ini karena dia tidak mau bekerja.

"Kau monster! Anak laki-laki kecil seharusnya tidak bekerja. Mereka harus belajar dan berpendidikan tinggi. Lepaskan dia!

"Siapa yang akan membuatku, kamu?

Saya sepenuhnya menentang kekerasan tetapi pada saat ini hati saya meminta saya untuk bereaksi sebelum sampah ini. Anak itu harus dibebaskan.

Dengan lembut, saya mendorong anak laki-laki itu menjauh dari orang yang kejam dan kemudian mulai memukuli pria itu. Bajingan itu bereaksi dan memberi saya beberapa pukulan. Salah satu dari mereka mengejutkan saya. Dunia berputar dan angin kencang yang menembus menyerbu seluruh keberadaan saya: Awan putih dan biru bersama dengan burung cepat menyerbu pikiran saya. Dalam sekejap, sepertinya seluruh tubuhku melayang di langit. Suara samar memanggilku dari jauh. Di saat lain seolah-olah saya melewati pintu, satu demi satu sebagai rintangan. Pintunya terkunci dengan baik dan butuh banyak usaha untuk membukanya. Setiap pintu memberikan akses ke salon atau tempat suci, pada gilirannya. Di ruang pertama saya menemukan orang-orang muda berpakaian putih, berkumpul di sekitar meja, di mana di tengahnya terdapat Alkitab terbuka. Inilah para gadis yang dipilih untuk memerintah di dunia masa depan. Suatu kekuatan mendorong saya keluar ruangan dan ketika saya membuka pintu kedua saya berakhir di tempat perlindungan pertama. Di tepi altar, dupa atas permintaan orang miskin Brasil dibakar. Di sisi kanan, seorang pendeta berdoa dengan suara keras dan tiba-tiba mulai mengulangi: Pelihat! Peramal! Peramal! Di sampingnya ada dua wanita berkemeja putih. Di atasnya tertulis: Mimpi yang mungkin. Semuanya mulai menjadi gelap, dan ketika saya mendapatkan arah saya, saya diseret dengan keras dan dengan kecepatan yang membuat saya sedikit pusing. Saya membuka pintu ketiga dan kali ini bertemu dengan orang-orang: Seorang pendeta, seorang pendeta, seorang Budha, seorang Muslim, seorang Spiritualisme, seorang Yahudi dan seorang perwakilan dari agama-agama Afrika. Mereka diatur dalam lingkaran dan di tengahnya ada api dan apinya diuraikan nama, "Persatuan bangsa dan jalan menuju Tuhan." Pada akhirnya, mereka memeluk dan memanggil saya ke grup. Api bergerak dari tengah, mendarat di tangan saya dan memunculkan kata "magang." Api itu adalah cahaya murni dan tidak terbakar. Kelompok itu bubar, apinya padam dan lagi-lagi saya didorong keluar ruangan tempat saya membuka pintu keempat. Tempat suci kedua benar-benar kosong dan saya mendekati altar. Saya berlutut untuk menghormati Sakramen Maha kudus, mengambil kertas yang ada di lantai dan saya menulis permintaan saya. Saya melipat kertas dan meletakkannya di kaki gambar. Suara yang jauh itu berangsur-angsur menjadi lebih jelas dan tajam. Saya meninggalkan tempat kudus, membuka pintu dan akhirnya bangun. Di sisi saya adalah penjaga gunung.

"Jadi, kamu sudah bangun. Selamat! Anda memenangkan tantangan. Tantangan kedua bertujuan untuk mengeksplorasi kapasitas diri dan tindakan Anda. Dua jalur yang mewakili "Sisi-Sisi yang Bertentangan" telah menjadi satu dan ini berarti bahwa Anda harus berjalan ke sisi kanan tanpa melupakan pengetahuan yang akan Anda miliki saat bertemu dengan sisi kiri. Sikap Anda menyelamatkan anak itu meskipun dia tidak membutuhkannya. Seluruh adegan itu adalah proyeksi mental saya sendiri untuk mengevaluasi Anda. Anda mengambil pendekatan yang benar. Mayoritas orang ketika dihadapkan pada adegan ketidakadilan memilih untuk tidak ikut campur. Kelalaian adalah dosa serius dan orang tersebut menjadi kaki tangan si pelanggar. Anda memberi diri Anda sendiri, seperti yang Yesus Kristus lakukan untuk kita. Ini adalah pelajaran yang akan Anda bawa sepanjang hidup Anda.

"Terima kasih telah memberi selamat padaku. Saya akan selalu bertindak demi mereka yang dikucilkan. Yang membuat saya bingung adalah pengalaman spiritual yang saya alami sebelumnya. Apa artinya? Bisakah Anda menjelaskan kepada saya?

"Kita semua memiliki kemampuan untuk menembus dunia lain melalui pikiran. Inilah yang disebut perjalanan astral. Ada beberapa pakar terkait hal ini. Apa yang Anda lihat pasti terkait dengan masa depan Anda atau orang lain, Anda tidak pernah tahu.

"Saya mengerti. Saya mendaki gunung, menyelesaikan dua tantangan pertama dan saya harus bertumbuh secara rohani. Saya pikir saya akan segera siap menghadapi gua keputusasaan. Gua yang menampilkan keajaiban dan membuat mimpi menjadi lebih mendalam.

"Anda harus melakukan yang ketiga dan saya akan memberi tahu Anda apa itu besok. Tunggu instruksi.

"Ya, Jenderal. Saya akan menunggu dengan cemas. Anak Tuhan ini, begitu Anda memanggil saya, sangat lapar dan akan menyiapkan sup untuk nanti. Anda diundang, Bu.

"Hebat. Saya suka sup. Saya akan menggunakan ini untuk keuntungan saya untuk mengenal Anda lebih baik.

Wanita asing itu pergi dan meninggalkanku sendiri dengan pikiranku. Saya pergi mencari bahan-bahan sup di hutan.

Gadis Muda

Gunung sudah menjadi gelap saat sup sudah siap. Angin malam yang dingin dan jeritan serangga membuat lingkungan semakin pedesaan. Wanita aneh itu belum datang ke gubuk. Saya berharap semuanya sudah beres pada saat dia tiba. Saya mencicipi supnya: Benar-benar enak meskipun saya tidak memiliki semua bumbu yang diperlukan. Saya melangkah keluar dari gubuk sebentar dan merenungkan langit: Bintang-bintang adalah saksi dari usaha saya. Saya mendaki gunung, menemukan penjaganya, menyelesaikan dua tantangan (satu lebih sulit dari yang lain), bertemu hantu dan saya masih berdiri. "Orang miskin berusaha lebih keras untuk impian mereka." Saya melihat susunan bintang dan luminositasnya. Masing-masing memiliki kepentingannya sendiri di alam semesta besar tempat kita tinggal. Manusia juga penting dalam cara yang sama. Mereka berkulit putih, hitam, kaya, miskin, beragama A, atau agama B atau sistem kepercayaan apa pun. Mereka semua adalah anak-anak dengan ayah yang sama. Saya juga ingin mengambil tempat saya di alam semesta ini. Saya adalah makhluk berpikir tanpa batas. Saya pikir mimpi itu tidak ternilai harganya tetapi saya bersedia membayarnya untuk memasuki gua keputusasaan. Saya merenungkan langit sekali lagi dan kemudian kembali ke gubuk. Saya tidak terkejut menemukan wali di sana.

"Apakah kamu sudah lama di sini? Saya tidak menyadarinya.

"Anda begitu terkonsentrasi dalam merenungkan surga sehingga saya tidak ingin merusak mantra saat ini. Selain itu, saya merasa seperti di rumah sendiri.

"Baik sekali. Duduklah di bangku improvisasi yang saya buat ini. Saya akan menyajikan supnya.

Dengan sup yang masih panas, saya menyajikan wanita asing itu di labu yang saya temukan di hutan. Angin yang bertiup di malam hari membelai wajahku dan membisikkan kata-kata di telingaku. Siapakah wanita aneh yang saya layani itu? Aku ingin tahu apakah dia benar-benar ingin menghancurkanku seperti yang diisyaratkan oleh hantu itu. Saya memiliki banyak keraguan tentang dia dan ini adalah kesempatan besar untuk membersihkannya.

"Apakah supnya enak? Saya mempersiapkannya dengan sangat hati-hati.

"Itu luar biasa! Apa yang Anda gunakan untuk menyiapkannya?

"Itu terbuat dari batu. Hanya bercanda! Saya membeli seekor burung dari pemburu dan menggunakan beberapa bumbu alami dari hutan. Tapi, mengubah topik pembicaraan, siapa Anda sebenarnya?

"Ini menunjukkan keramahan yang baik bagi tuan rumah untuk berbicara lebih dulu tentang dirinya sendiri. Sudah empat hari sejak Anda tiba di sini di puncak gunung dan saya bahkan tidak yakin siapa nama Anda.

"Sangat baik. Tapi ceritanya panjang. Siap-siap. Nama saya Aldivan Teixeira Tôrres dan saya mengajar Matematika tingkat perguruan tinggi. Dua minat besar saya adalah sastra dan matematika. Saya selalu menjadi pencinta buku dan sejak saya masih sangat kecil saya ingin menulis buku saya sendiri. Ketika saya di tahun pertama sekolah menengah saya, saya mengumpulkan beberapa kutipan dari kitab Pengkhotbah, kebijaksanaan dan peribahasa. Saya sangat senang meskipun teks tersebut bukan milik saya. Saya menunjukkan kepada semua orang, dengan sangat bangga. Saya menyelesaikan Sekolah Menengah Atas, mengambil kursus komputer dan berhenti belajar untuk sementara waktu. Setelah itu saya mencoba kursus teknik di perguruan tinggi setempat. Namun, saya menyadari itu bukan bidang saya dengan tanda takdir. Saya dipersiapkan untuk magang di bidang ini. Namun, sehari sebelum ujian, kekuatan aneh menuntut saya terus menerus untuk menyerah. Semakin banyak waktu berlalu, semakin banyak tekanan yang saya rasakan dari gaya ini hingga saya memutuskan untuk tidak mengikuti tes. Tekanan mereda dan hati saya juga tenang. Saya pikir itu adalah takdir yang membuat saya tidak pergi. Kita harus menghormati batasan kita sendiri. Saya melakukan beberapa tender, disetujui dan saat ini menjabat sebagai asisten administrasi pendidikan. Tiga tahun lalu, saya menerima tanda takdir yang lain. Saya punya beberapa masalah dan akhirnya saya mengalami gangguan saraf. Saya kemudian mulai menulis dan dalam waktu singkat itu membantu saya untuk berkembang. Hasilnya adalah buku " Visi dari Medium " yang belum saya terbitkan. Semua ini menunjukkan bahwa saya mampu menulis dan memiliki profesi yang bermartabat. Inilah yang saya pikirkan: Saya ingin bekerja melakukan apa yang saya suka dan Saya ingin bahagia. Apakah itu terlalu berlebihan untuk ditanyakan oleh orang miskin?

"Tentu saja tidak, Aldivan. Anda memiliki bakat dan itu langka di dunia ini. Pada saat yang tepat Anda akan berhasil. Pemenang adalah mereka yang percaya pada mimpinya.

"Saya percaya. Itu sebabnya saya ada di sini di antah berantah di mana komoditas peradaban belum tiba. Saya menemukan cara untuk mendaki gunung, untuk mengatasi tantangan. Yang tersisa sekarang hanyalah aku memasuki gua dan mewujudkan mimpiku.

"Aku di sini untuk membantumu. Saya telah menjadi penjaga gunung sejak gunung itu menjadi suci. Misi saya adalah membantu semua pemimpi yang mencari gua keputusasaan. Beberapa berusaha mewujudkan impian material seperti uang, kekuasaan, kesombongan sosial, atau impian egois lainnya. Semua telah gagal sejauh ini, dan mereka tidak sedikit. Gua itu adil dengan mengabulkan keinginannya.

Percakapan berlanjut dengan hidup selama beberapa waktu. Saya perlahan-lahan kehilangan minat saat suara aneh memanggil saya keluar dari gubuk. Setiap kali suara ini memanggil saya, saya merasa harus pergi karena penasaran. Aku harus pergi. Aku ingin tahu apa arti suara aneh dalam pikiranku itu. Dengan lembut, saya mengucapkan selamat tinggal kepada wanita itu dan pergi ke arah yang ditunjukkan oleh suara itu. Apa yang menanti saya? Mari kita lanjutkan bersama, pembaca.

Malam itu dingin dan suara mengerikan tetap di pikiranku. Ada semacam hubungan yang aneh di antara kami. Saya sudah berjalan beberapa meter di luar gubuk tetapi tampaknya tubuh saya merasa lelah karena kelelahan. Instruksi yang saya terima secara mental membimbing saya dalam kegelapan. Campuran kelelahan, ketakutan akan hal-hal yang tidak diketahui dan keingintahuan menguasai saya. Suara aneh siapa ini? Apa yang dia inginkan dariku? Gunung dan rahasianya ... Sejak saya mengenal gunung, saya belajar menghormatinya. Penjaga dan misterinya, tantangan yang harus saya hadapi, pertemuan dengan hantu; semuanya menjadi istimewa. Itu bukan yang tertinggi di timur laut atau bahkan yang paling mengesankan, tapi itu sakral. Mitos dukun dan impian saya telah membawa saya ke sana. Saya ingin memenangkan semua tantangan, memasuki gua dan membuat permintaan saya. Saya akan menjadi pria yang berubah. Saya tidak akan lagi menjadi saya, tetapi saya akan menjadi orang yang mengatasi gua dan apinya. Saya ingat dengan baik kata-kata wali, jangan terlalu percaya. Saya ingat kata-kata Yesus yang berkata:

"Dia yang percaya padaku akan memiliki hidup yang kekal.

Bahaya yang terlibat tidak akan membuatku menyerah impianku. Dengan pemikiran inilah saya semakin setia. Suara menjadi lebih kuat dan lebih kuat. Saya pikir saya telah tiba di tempat tujuan saya. Tepat di depan, saya melihat sebuah gubuk. Suara itu menyuruhku pergi ke sana.

Pondok dan api unggunnya yang menyala berada di tempat yang luas dan datar. Seorang gadis muda, tinggi, kurus dengan rambut hitam sedang memanggang sejenis camilan di atas api.

"Jadi, kamu sudah sampai. Saya tahu bahwa Anda akan menjawab panggilan saya.

"Kamu siapa? Apa yang kamu mau dari aku?

"Aku adalah pemimpi lain yang ingin masuk ke dalam gua.

"Kekuatan khusus apa yang harus Anda panggil dengan pikiran Anda?

"Itu telepati, konyol. Apakah kamu tidak terbiasa dengan itu?

"Aku pernah mendengarnya. Bisakah Anda mengajari saya?

"Anda akan belajar suatu hari tetapi tidak dari saya. Katakan padaku mimpi apa yang membawamu ke sini?

"Sebelumnya, namaku Aldivan. Saya mendaki gunung dengan harapan menemukan Sisi Lawan saya. Mereka akan menentukan takdirku. Ketika seseorang mampu mengendalikan Sisi Lawannya, mereka akan mampu melakukan keajaiban. Itulah yang saya butuhkah untuk mewujudkan impian saya bekerja di bidang yang saya nikmati dan dengan itu saya akan membuat banyak jiwa bermimpi. Saya ingin pergi ke gua tidak hanya untuk saya tetapi untuk seluruh alam semesta yang telah memberi saya hadiah ini. Saya akan mendapatkan tempat saya di dunia dan dengan cara itulah saya akan bahagia.

"Namaku Nadja. Aku tinggal di pantai. Di tanah air saya, saya pernah mendengar pembicaraan tentang gunung ajaib ini dan guanya. Langsung saja saya tertarik untuk melakukan perjalanan kesini walaupun saya pikir semuanya hanyalah legenda. Saya mengumpulkan barang-barang saya, kiri, sampai di Mimoso dan naik gunung. Aku menang dengan keberuntungan. Sekarang saya di sini, saya akan pergi ke gua dan akan memenuhi keinginan saya. Aku akan menjadi Dewi yang agung, dihiasi dengan kekuasaan dan kekayaan. Semua akan melayaniku. Mimpimu konyol. Mengapa meminta sedikit jika kita dapat memiliki dunia?

"Anda salah. Gua itu tidak melakukan keajaiban kecil. Anda akan gagal. Penjaga tidak akan mengizinkan Anda masuk. Untuk memasuki gua, Anda harus memenangkan tiga tantangan. Saya telah menaklukkan dua tahap. Berapa banyak yang sudah kamu menangkan?

"Bagaimana bodoh, tantangan dan penjaga. Gua hanya menghormati yang terkuat dan paling percaya diri. Saya akan mencapai keinginan saya besok dan tidak ada yang akan menghentikan saya, Anda dengar?

"Anda tahu yang terbaik. Ketika Anda menyesalinya, itu akan terlambat. Kurasa aku akan melakukannya. Saya perlu istirahat karena sudah larut malam. Adapun bagi Anda, saya tidak dapat mendoakan Anda di dalam gua karena Anda ingin lebih besar dari Tuhan sendiri. Ketika manusia mencapai titik ini, mereka menghancurkan dirinya sendiri.

"Tak masuk akal, kalian semua kata-kata. Tidak ada yang akan membuat saya menarik kembali keputusan saya.

Melihat bahwa dia bersikeras, saya menyerah, merasa kasihan padanya. Bagaimana orang terkadang menjadi begitu picik? Manusia hanya layak jika dia memperjuangkan cita-cita yang saleh dan egaliter. Saat berjalan di jalan setapak, saya ingat saat-saat saya dianiaya apakah itu karena pemeriksaan yang tidak tepat atau bahkan karena pengabaian orang lain. Itu membuatku tidak bahagia. Selain itu, keluarga saya sangat menentang impian saya dan tidak percaya pada saya. Itu menyakitkan. Suatu hari nanti mereka akan melihat akal sehat dan melihat bahwa mimpi bisa jadi mungkin. Pada hari itu, setelah semua dikatakan dan dilakukan, saya akan menyanyikan kemenangan saya dan saya akan memuliakan Sang Pencipta. Dia memberi saya segalanya dan hanya meminta saya untuk membagikan hadiah saya karena, seperti yang dikatakan Alkitab, jangan menyalakan lampu dan meletakkannya di bawah meja. Melainkan meletakkannya di atas agar semua orang bertepuk tangan dan mendapatkan pencerahan. Jalan setapak rusak dan segera saya melihat gubuk yang telah menghabiskan banyak keringat untuk saya bangun. Saya perlu tidur karena besok adalah hari lain dan saya punya rencana untuk saya dan untuk dunia. Selamat malam, pembaca. Sampai bab selanjutnya ...

Getaran

Hari baru dimulai. Cahaya muncul, semilir angin pagi membelai rambut saya, burung dan serangga sedang berpesta, dan tumbuh-tumbuhan tampaknya terlahir kembali. Itu terjadi setiap hari. Saya menggosok mata, mencuci muka, menggosok gigi dan mandi. Ini rutinitas saya sebelum sarapan. Hutan tidak menawarkan keuntungan maupun pilihan. Saya tidak terbiasa dengan ini. Ibuku memanjakanku sampai menyajikan kopiku. Saya makan sarapan saya dalam diam tetapi ada sesuatu yang membebani pikiran saya. Apa tantangan ketiga dan terakhir? Apa yang akan terjadi pada saya di dalam gua? Banyak sekali pertanyaan tanpa jawaban yang membuatku pusing. Pagi berlanjut dan dengan itu juga jantung berdebar-debar, ketakutan dan kedinginan. Siapa saya sekarang? Tentu tidak sama. Aku memanjat gunung suci mencari takdir yang bahkan tidak kuketahu. Saya menemukan wali dan menemukan nilai-nilai baru dan dunia yang lebih besar dari yang pernah saya bayangkan sebelumnya. Saya memenangkan dua tantangan dan sekarang hanya harus menghadapi tantangan ketiga. Tantangan ketiga yang mengerikan yang jauh dan tidak diketahui. Daun-daun di sekitar pondok bergerak-gerak sedikit. Saya telah belajar memahami alam dan sinyalnya. Seseorang sedang mendekat.

"Halo! Kau di sana?

Aku melompat, mengubah arah tatapanku dan merenungkan sosok misterius penjaga itu. Dia tampak lebih bahagia dan bahkan cerah meskipun usianya terlihat jelas.

"Aku di sini, seperti yang kau lihat. Berita apa yang kamu bawa untukku?

"Seperti yang kau tahu, hari ini saya datang untuk mengumumkan tantangan ketiga dan terakhir Anda. Itu akan diadakan pada hari ketujuh Anda di sini di gunung karena itulah waktu maksimum seorang manusia dapat tinggal di sini. Ini sederhana dan terdiri dari: Bunuh manusia atau binatang pertama yang Anda temui saat meninggalkan gubuk Anda pada hari yang sama. Jika tidak, Anda tidak akan berhak masuk ke dalam gua yang mengabulkan keinginan Anda yang terdalam. Apa yang kamu katakan? Bukankah itu mudah?

"Bagaimana? Membunuh? Apakah saya terlihat seperti seorang pembunuh?

"Itu satu-satunya cara bagimu untuk masuk ke dalam gua. Persiapkan dirimu, karena hanya ada dua hari dan ...

Gempa berkekuatan 3,7 skala Richter mengguncang seluruh

puncak gunung. Getaran membuat saya pusing dan saya pikir saya akan pingsan. Semakin banyak pikiran muncul di benak. Saya merasakan kekuatan saya menipis dan merasakan borgol yang dengan kuat menahan tangan dan kaki saya. Dalam sekejap, saya melihat diri saya sebagai seorang budak, bekerja di ladang yang didominasi oleh majikan. Saya melihat belenggu, darah dan mendengar tangisan rekan-rekan saya. Saya melihat kekayaan, kesombongan dan pengkhianatan para kolonel. Saya juga melihat seruan kebebasan dan keadilan bagi yang tertindas. Betapa dunia ini tidak adil! Sementara beberapa menang, yang lain dibiarkan membusuk, dilupakan. Borgolnya putus. Saya sebagian bebas. Saya masih didiskriminasi, dibenci dan dianiaya. Saya masih melihat kejahatan orang kulit putih yang memanggil saya " "Hitam ". Saya masih merasa rendah diri. Sekali lagi, saya mendengar teriakan keributan tetapi sekarang suaranya jelas, tajam dan dikenal. Getarannya menghilang dan sedikit demi sedikit aku sadar kembali. Seseorang mengangkatku. Masih sedikit pusing, saya berseru:

"Apa yang terjadi?

Penjaga, sambil menangis, sepertinya tidak dapat menemukan jawaban.

"Anakku, gua itu baru saja menghancurkan jiwa lain. Tolong menangkan tantangan ketiga dan kalahkan kutukan ini. Alam semesta berkonspirasi untuk kemenangan Anda.

"Aku tidak tahu bagaimana cara menang. Hanya cahaya pencipta yang dapat menerangi pikiran dan tindakan saya. Saya jamin: Saya tidak akan menyerah pada impian saya dengan mudah.

"Aku percaya padamu dan pada pendidikan yang telah kamu terima. Semoga beruntung, Anak Tuhan! Sampai jumpa lagi!

Karena itu, wanita asing itu pergi dan larut dalam kepulan asap. Sekarang saya sendirian dan perlu mempersiapkan tantangan terakhir.

Satu Hari Sebelum Tantangan Terakhir

Sudah enam hari sejak aku mendaki gunung. Tantangan dan pengalaman selama ini telah membuat saya berkembang pesat. Saya bisa lebih mudah memahami alam, diri saya sendiri dan orang lain. Alam bergerak mengikuti iramanya sendiri dan menentang pretensi manusia. Kami menebangi hutan, mencemari air, dan melepaskan gas ke atmosfer. Apa yang kita dapatkan darinya? Apa yang benar-benar penting bagi kita, uang atau kelangsungan hidup kita sendiri? Konsekuensinya ada: Pemanasan global, pengurangan flora dan fauna, bencana alam. Apakah manusia tidak melihat bahwa ini semua salahnya? Masih ada waktu. Ada waktu untuk hidup. Lakukan bagian Anda: Hemat air dan energi, daur ulang sampah, jangan mencemari lingkungan. Mewajibkan pemerintah Anda untuk berkomitmen pada masalah lingkungan. Setidaknya itu yang bisa kita lakukan untuk diri kita sendiri dan untuk dunia. Kembali ke petualangan saya, begitu saya mendaki gunung, saya lebih memahami keinginan dan batasan saya. Saya mengerti bahwa mimpi hanya dimungkinkan selama itu mulia dan benar. Gua itu indah dan jika saya memenangkan tantangan ketiga, itu akan membuat impian saya menjadi kenyataan. Ketika saya memenangkan tantangan pertama dan kedua, saya menjadi lebih memahami keinginan orang lain. Mayoritas orang bermimpi untuk memiliki kekayaan, prestise sosial dan tingkat komando yang tinggi. Mereka tidak lagi melihat apa yang terbaik dalam hidup: Kesuksesan profesional, cinta dan kebahagiaan. Yang membuat manusia sangat istimewa adalah kualitasnya yang terpancar melalui karyanya. Kekuasaan, kekayaan, dan kesombongan sosial tidak membuat siapa pun bahagia. Inilah yang saya cari di gunung suci: Kebahagiaan dan wilayah total dari "kekuatan yang berlawanan". Aku perlu keluar sebentar. Langkah demi langkah, kakiku menuntunku keluar dari gubuk yang kubangun. Saya berharap untuk tanda takdir.

  Matahari semakin panas, angin semakin kencang dan tidak ada tanda-tanda yang muncul. Bagaimana saya akan memenangkan tantangan ketiga? Bagaimana saya akan hidup dengan kegagalan jika saya tidak dapat mewujudkan impian saya? Saya mencoba untuk menyingkirkan pikiran negatif dari pikiran saya tetapi ketakutan itu lebih kuat. Siapakah saya sebelum mendaki gunung? Seorang pria muda, benar-benar tidak aman, takut menghadapi dunia dan orang-orangnya.

Seorang pria muda yang suatu hari berjuang di pengadilan untuk haknya tetapi hak-haknya tidak diberikan. Masa depan telah menunjukkan kepada saya bahwa ini yang terbaik. Terkadang kita menang dengan kalah. Hidup telah mengajari saya hal itu. Beberapa burung memekik di sekitarku. Mereka tampaknya memahami kekhawatiran saya. Besok akan menjadi hari baru, hari ketujuh di puncak gunung. Takdir saya dalam bahaya dengan tantangan ketiga ini. Berdoa, pembaca, agar saya menang.

Tantangan Ketiga

Hari baru muncul. Suhunya menyenangkan dan langit berwarna biru dalam segala keluasannya. Dengan malas, aku bangun sambil mengusap mataku yang mengantuk. Hari besar telah tiba dan saya siap untuk itu. Sebelumnya, saya perlu menyiapkan sarapan saya. Dengan bahan-bahan yang berhasil saya temukan sehari sebelumnya, tidak akan begitu langka. Saya menyiapkan wajan dan mulai membuka telur ayam yang menggugah selera. Gemuknya memercik dan hampir mengenai mataku. Berapa kali dalam hidup, orang lain tampaknya menyakiti kita dengan kecemasan mereka. Saya makan sarapan saya, istirahat sebentar dan mempersiapkan strategi saya. Tantangan ketiga tampaknya sama sekali tidak mudah. Membunuh bagi saya tidak terpikirkan. Meski begitu, aku harus menghadapinya. Dengan resolusi ini, saya mulai berjalan dan segera saya keluar dari gubuk. Tantangan ketiga dimulai di sini dan saya mempersiapkannya. Saya mengambil jalur pertama dan mulai berjalan. Pepohonan di tepi jalan setapak itu lebar dengan akar yang dalam. Apa yang sebenarnya saya cari? Sukses, kemenangan dan prestasi. Namun, saya tidak akan melakukan apa pun yang bertentangan dengan prinsip saya. Reputasi saya lebih penting daripada ketenaran, kesuksesan, dan kekuasaan. Tantangan ketiga mengganggu saya. Membunuh bagi saya adalah kejahatan meskipun itu hanya hewan. Di sisi lain, saya ingin masuk ke dalam gua dan membuat permintaan saya. Ini mewakili dua "kekuatan yang berlawanan" atau "jalur yang berlawanan."

Saya tetap berada di jalan setapak dan berdoa agar saya tidak menemukan apa pun. Siapa tahu, mungkin tantangan ketiga akan dihentikan. Saya tidak berpikir bahwa wali itu akan bermurah hati. Aturan harus diikuti oleh semua. Aku berhenti sedikit dan tidak percaya pemandangan yang aku lihat: seorang macan tutul dan ketiga anaknya, bermain-main di sekitarku. Itu dia. Aku tidak akan membunuh ibu tiga anak ini. Aku tidak tega Selamat tinggal sukses, selamat tinggal gua keputusasaan. Mimpi yang cukup. Saya tidak menyelesaikan tantangan ketiga dan saya akan pergi. Saya akan kembali ke rumah saya dan ke orang yang saya cintai. Buru-buru, saya kembali ke kabin untuk mengemasi tas saya. Saya tidak menyelesaikan tantangan ketiga.

Kabin dirobohkan. Apa arti semua ini? Sebuah tangan menyentuh bahuku dengan ringan. Saya melihat ke belakang dan saya melihat wali.

"Selamatku, sayang! Anda telah memenuhi tantangan dan sekarang memiliki hak untuk masuk ke dalam gua keputusasaan. Anda menang!

Pelukan kuat yang dia berikan padaku kemudian membuatku semakin bingung. Apa yang wanita ini katakan? Mimpiku dan gua itu bisa ditemukan? Saya tidak percaya itu.

"Apa maksudmu? Saya tidak menyelesaikan tantangan ketiga. Lihatlah tangan saya: Mereka bersih. Saya tidak akan menodai nama saya dengan darah.

"Apakah kamu tidak tahu? Menurutmu apakah seorang anak Tuhan akan mampu melakukan kekejaman seperti yang saya tanyakan? Saya tidak ragu bahwa Anda cukup layak untuk mewujudkan impian Anda, meskipun mungkin perlu beberapa saat untuk mewujudkannya. Tantangan ketiga mengevaluasi Anda secara menyeluruh dan Anda menunjukkan cinta tanpa syarat untuk ciptaan Tuhan. Ini adalah hal terpenting bagi seorang manusia. Satu hal lagi: Hanya hati yang murni yang akan bertahan di gua. Jaga kebersihan hati dan pikiran Anda untuk mengatasinya.

"Terima kasih Tuhan! Terima kasih, hidup, untuk kesempatan ini. Saya berjanji tidak akan mengecewakan Anda.

Emosi menguasai saya seperti yang belum pernah terjadi sebelumnya sebelum saya mendaki gunung. Apakah gua itu benar-benar mampu melakukan keajaiban? Saya akan mencari tahu.

Gua Keputusasaan

Setelah memenangkan tantangan ketiga, saya siap memasuki gua keputusasaan yang ditakuti, gua yang mewujudkan mimpi yang mustahil. Saya adalah pemimpi lain yang akan mencoba keberuntungan mereka. Sejak saya mendaki gunung, saya tidak lagi sama. Sekarang saya yakin pada diri saya sendiri dan pada alam semesta indah yang menahan saya. Pelukan sebelumnya yang diberikan wanita asing padaku juga membuatku lebih rileks. Sekarang dia ada di sisi saya mendukung saya dalam segala hal. Ini adalah dukungan yang tidak pernah saya dapatkan dari orang yang saya cintai. Koper saya yang tidak terpisahkan ada di bawah lengan saya. Sudah waktunya bagi saya untuk mengucapkan selamat tinggal pada gunung itu dan misterinya. Tantangan, wali, hantu, gadis muda dan gunung itu sendiri yang tampaknya hidup, semuanya telah membantuku untuk tumbuh. Saya siap untuk pergi dan menghadapi gua yang ditakuti. Penjaga ada di sisi saya dan akan menemani saya dalam perjalanan ini ke pintu masuk gua. Kami pergi karena matahari sudah turun menuju cakrawala. Rencana kami selaras total. Vegetasi di sekitar jalan setapak yang telah kita lalui dan kebisingan hewan membuat lingkungan menjadi sangat pedesaan. Keheningan penjaga selama kursus tampaknya meramalkan bahaya yang melingkupi gua. Kami berhenti sebentar. Suara-suara gunung sepertinya ingin mengatakan sesuatu padaku. Saya menggunakan kesempatan ini untuk memecah keheningan.

"Bisa saya menanyakan sesuatu? Suara apa yang begitu menyiksaku?

"Anda mendengar suara-suara. Menarik. Gunung suci memiliki kemampuan sihir untuk menyatukan kembali semua hati yang bermimpi. Anda dapat merasakan getaran magis ini dan menafsirkannya. Namun, jangan terlalu memperhatikan mereka karena mereka dapat membawa Anda pada kegagalan. Cobalah untuk berkonsentrasi pada pikiran Anda sendiri dan aktivitas mereka akan berkurang. Gua dapat mendeteksi kelemahan Anda dan menggunakannya untuk melawan Anda.

"Aku berjanji untuk menjaga diriku sendiri. Saya tidak tahu apa yang menanti saya di dalam gua, tetapi saya yakin bahwa roh-roh yang menerangi akan membantu saya. Takdir saya sedang dipertaruhkan dan sampai batas tertentu juga di seluruh dunia.

"Baik, kita sudah cukup istirahat. Ayo terus berjalan karena tidak lama lagi sampai matahari terbenam. Gua itu seharusnya berjarak sekitar seperempat mil dari sini.

Gemuruh langkah kaki berlanjut. Seperempat mil memisahkan impian saya dari realisasinya. Kami berada di sisi barat puncak gunung di mana angin semakin kencang. Gunung dan misterinya ... Saya pikir saya tidak akan pernah mengetahuinya sepenuhnya. Apa yang memotivasi saya untuk mendakinya? Janji tentang hal yang tidak mungkin menjadi mungkin dan naluri petualang dan kepanduan saya. Pada kenyataannya, apa yang mungkin dan rutinitas sehari-hari membunuh saya. Sekarang saya merasa hidup dan siap untuk mengatasi tantangan. Gua itu mendekat. Saya sudah bisa melihat pintu masuknya. Tampaknya mengesankan, tetapi saya tidak berkecil hati. Berbagai pikiran menyerang seluruh keberadaan saya. Saya perlu mengontrol saraf saya. Mereka bisa mengkhianatiku tepat waktu. Penjaga memberi tanda untuk berhenti. Saya mematuhi.

"Ini adalah jarak terdekat yang bisa saya dapatkan ke gua. Dengarkan baik-baik apa yang akan saya katakan karena saya tidak akan mengulanginya: Sebelum masuk, doakan satu Bapa Kami untuk malaikat pelindung Anda. Itu akan melindungi Anda dari bahaya. Saat Anda masuk, lanjutkan dengan hati-hati agar tidak jatuh ke dalam jebakan. Setelah melewati jalan utama gua, dalam jangka waktu tertentu, Anda akan menemukan tiga pilihan: Kebahagiaan, kegagalan, dan ketakutan. Memilih kebahagiaan. Jika Anda memilih kegagalan, Anda akan tetap menjadi orang gila miskin yang dulu pernah bermimpi. Jika Anda memilih rasa takut, Anda akan kehilangan diri Anda sepenuhnya. Kebahagiaan memberi akses ke dua skenario lagi yang tidak saya ketahu. Ingat: Hanya yang berhati murni yang bisa bertahan di gua. Jadilah bijak dan penuhi impian Anda.

"Saya mengerti. Saat yang saya tunggu-tunggu sejak saya naik gunung telah tiba. Terima kasih, wali, atas semua kesabaran dan semangat Anda dengan saya. Aku tidak akan pernah melupakanmu atau saat-saat yang kita habiskan bersama.

Penderitaan menguasai hatiku saat aku mengucapkan selamat tinggal padanya. Sekarang tinggal aku dan gua, duel yang akan mengubah sejarah dunia dan juga sejarahku sendiri. Saya melihat ke kanan dan mengambil senter dari koper saya untuk menerangi jalan. Saya siap untuk masuk Kakiku tampak membeku di hadapan raksasa ini. Saya perlu mengumpulkan kekuatan untuk melanjutkan di jalan. Saya orang Brazil dan saya tidak pernah menyerah. Saya mengambil langkah pertama saya dan saya memiliki sedikit perasaan bahwa seseorang menemani saya. Saya pikir saya sangat spesial bagi Tuhan. Dia memperlakukan saya seolah-olah saya adalah putranya. Gerakanku cepat dan akhirnya aku bisa mengakses lokasi. Daya tarik awal sangat luar biasa, tetapi saya harus berhati-hati karena jebakannya. Kelembapan udaranya tinggi dan dinginnya yang menyengat. Stalaktit dan stalagmit mengisi hampir semua tempat di sekitar saya. Saya telah pergi sekitar lima puluh yard dan rasa dingin mulai membuat saya merinding di seluruh tubuh saya. Semua yang telah saya lalui sebelum mendaki gunung mulai muncul di benak saya: Penghinaan, ketidakadilan, dan kecemburuan orang lain. Sepertinya setiap musuhku ada di dalam gua itu menunggu waktu terbaik untuk menyerangku. Dengan lompatan spektakuler, saya mengatasi jebakan pertama. Api gua hampir melahapku. Nadja tidak seberuntung itu. Bergantung pada stalaktit dari langit-langit yang secara ajaib menahan berat badan saya, saya berhasil bertahan. Saya harus turun dan melanjutkan perjalanan saya menuju yang tidak diketahui. Langkah saya mempercepat tetapi dengan hati-hati. Kebanyakan orang terburu-buru, terburu-buru untuk menang, atau untuk menyelesaikan tujuan. Ketangkasan yang luar biasa baru saja menyelamatkan saya dari jebakan kedua. Tombak yang tak terhitung jumlahnya diayunkan ke arahku. Salah satunya datang sedekat mungkin untuk menggaruk wajahku. Gua itu ingin menghancurkanku. Saya harus lebih berhati-hati mulai sekarang. Sudah sekitar satu jam sejak saya memasuki gua dan saya masih belum sampai pada titik yang dikatakan oleh penjaga. Saya harus dekat. Langkahku terus berjalan, dipercepat, dan hatiku memberi tanda peringatan. Terkadang, kita tidak memperhatikan tanda-tanda yang diberikan tubuh kita. Ini adalah saat kegagalan dan kekecewaan terjadi. Untungnya, bukan itu masalahnya bagi saya. Saya mendengar suara yang sangat keras datang ke arah saya. Saya mulai berlari. Dalam beberapa saat, saya menyadari bahwa saya sedang dikejar oleh batu raksasa yang jatuh dengan sangat cepat. Saya berlari sebentar dan dengan gerakan tiba-tiba saya bisa menjauh dari batu, mencari tempat berlindung di sisi gua. Ketika batu melintas, bagian depan gua ditutup dan tepat di depan muncul tiga pintu. Mereka mewakili kebahagiaan, kegagalan dan ketakutan. Jika saya memilih kegagalan, saya tidak akan pernah menjadi apa pun kecuali orang gila miskin yang suatu hari bermimpi menjadi seorang penulis. Orang-orang akan mengasihani saya. Jika saya memilih rasa takut, saya tidak akan pernah tumbuh atau dikenal oleh dunia. Saya bisa mencapai titik terendah dan kehilangan diri saya selamanya. Jika saya memilih kebahagiaan, saya akan melanjutkan impian saya dan saya akan masuk ke skenario kedua.

Ada tiga pilihan: Pintu ke kanan, ke kiri dan satu di tengah. Masing-masing mewakili salah satu opsi: Kebahagiaan, kegagalan atau ketakutan. Saya harus membuat pilihan yang tepat. Saya telah belajar seiring waktu untuk mengatasi ketakutan saya: Takut akan kegelapan, takut sendirian, dan takut akan hal yang tidak diketahui. Juga, saya tidak takut dengan kesuksesan atau masa depan. Rasa takut harus mewakili pintu di sebelah kanan. Kegagalan adalah hasil dari perencanaan yang buruk. Saya telah gagal beberapa kali tetapi itu tidak membuat saya menyerah pada tujuan saya. Kegagalan harus menjadi pelajaran untuk kemenangan nanti. Kegagalan harus mewakili pintu di sebelah kiri. Akhirnya, pintu tengah harus melambangkan kebahagiaan karena orang benar tidak berbelok ke kanan atau ke kiri. Kebenaran selalu bahagia. Saya mengumpulkan kekuatan saya dan saya memilih pintu di tengah. Setelah aku membukanya, aku langsung mengakses ke aula dan atap, tertulis nama kebahagiaan. Di tengah adalah kunci yang memberikan akses ke pintu lain. Aku benar sekali. Saya memenuhi langkah pertama. Tinggal dua lagi. Saya mendapatkan kunci dan mencobanya di pintu. Ini sangat cocok. Saya membuka pintu. Ini memberi saya akses ke galeri baru. Saya mulai turun. Banyak pikiran membanjiri pikiran saya: Apa jebakan baru yang harus saya hadapi? Skenario seperti apa yang akan dituntun galeri ini kepada saya? Ada banyak pertanyaan yang belum terjawab. Saya terus berjalan dan nafas saya menjadi sesak karena udaranya semakin langka. Saya sudah menempuh sekitar sepersepuluh mil dan saya harus tetap memperhatikan. Saya mendengar suara dan jatuh ke tanah untuk melindungi diri saya sendiri. Itu suara kelelawar kecil yang menembak di sekitarku. Apakah mereka akan menghisap darah saya? Apakah mereka karnivora? Beruntung bagi saya, mereka menghilang ke dalam luasnya galeri. Saya melihat wajah dan tubuh saya gemetar Apakah itu hantu? Tidak. Itu daging dan darah dan itu datang padaku, siap untuk bertarung. Ini adalah salah satu ninja pendeta gua. Pertarungan dimulai. Dia sangat cepat dan mencoba memukul saya di tempat yang penting. Saya mencoba untuk menghindari serangannya. Saya melawan dengan beberapa gerakan yang saya pelajari saat menonton film. Strateginya berhasil. Itu membuatnya takut dan dia mundur sedikit. Dia menyerang balik dengan seni bela dirinya tapi saya siap untuk itu. Saya memukul kepalanya dengan batu yang saya ambil di dalam gua. Dia jatuh pingsan. Saya benar-benar menolak kekerasan, tetapi dalam kasus ini, itu sangat diperlukan. Saya ingin pergi ke skenario kedua dan menemukan rahasia gua. Saya mulai berjalan lagi dan saya tetap memperhatikan serta melindungi diri dari jebakan baru. Dengan kelembapan rendah, angin bertiup dan saya menjadi lebih nyaman. Saya merasakan arus pikiran positif yang dikirim oleh Guardian. Gua itu semakin gelap, mengubah dirinya sendiri. Labirin virtual muncul dengan sendirinya. Jebakan gua lainnya. Pintu masuk labirin terlihat dengan sempurna. Tapi di mana aku bisa menemukan jalan keluar? Bagaimana cara saya masuk dan tidak tersesat? Saya hanya punya satu pilihan:

Menyeberangi labirin dan mengambil risiko. Saya membangun keberanian saya dan mulai mengambil langkah pertama menuju pintu masuk labirin. Berdoa, pembaca, agar saya menemukan jalan keluar. Saya tidak punya strategi dalam pikiran. Saya pikir saya harus menggunakan pengetahuan saya untuk mengeluarkan saya dari kekacauan ini. Dengan keberanian dan keyakinan, saya menyelidiki labirin itu. Tampaknya lebih membingungkan di dalam daripada di luar. Dindingnya lebar dan berliku-liku. Saya mulai mengingat saat-saat dalam hidup di mana saya menemukan diri saya tersesat seolah-olah dalam labirin. Kematian ayah saya, yang masih sangat muda, merupakan pukulan nyata dalam hidup saya. Waktu yang saya habiskan untuk menganggur dan tidak belajar juga membuat saya merasa tersesat seperti di labirin. Saya sekarang berada dalam situasi yang sama. Saya terus berjalan dan sepertinya labirin tidak ada habisnya. Pernahkah Anda merasa putus asa? Itulah yang saya rasakan, benar-benar putus asa. Inilah mengapa ia dinamai Gua Keputusasaan. Aku mengumpulkan kekuatan terakhirku dan bangun. Saya perlu mencari jalan keluar dengan biaya berapa pun. Satu ide terakhir menghantam saya; Saya melihat ke langit-langit dan melihat banyak kelelawar. Saya akan mengikuti salah satunya. Aku akan memanggilnya "penyihir". Seorang penyihir akan mampu menaklukkan labirin. Itulah yang aku butuh kan. Kelelawar itu terbang dengan kecepatan tinggi dan saya harus mengikutinya. Untung saya bugar secara fisik, hampir seperti atlet. Saya melihat cahaya di ujung terowongan, atau lebih baik lagi, di ujung labirin.

Ujung labirin telah membawaku ke pemandangan aneh di galeri gua. Sebuah ruangan yang terbuat dari cermin. Saya berjalan dengan hati-hati karena takut merusak sesuatu. Saya melihat bayangan saya di cermin. Siapa saya sekarang Seorang pemimpi muda yang malang akan menemukan takdirnya. Saya terlihat sangat khawatir. Apa maksud semua ini? Dinding, langit-langit, lantai semuanya tersusun dari kaca. Saya menyentuh permukaan cermin. Materi sangat rapuh tetapi dengan setia mencerminkan aspek diri seseorang. Dalam sekejap gambar yang berbeda muncul di tiga cermin, seorang anak kecil, seorang pemuda memegang peti mati, dan seorang lelaki tua. Mereka semua adalah aku. Apakah itu sebuah visi? Sungguh, saya memiliki aspek seperti anak kecil seperti kemurnian, kepolosan dan keyakinan pada orang. Saya tidak berpikir bahwa saya ingin menyingkirkan kualitas-kualitas ini. Pemuda berusia lima belas tahun mewakili fase menyakitkan dalam hidup saya: Kehilangan ayah saya. Terlepas dari caranya yang kaku dan menyendiri, dia adalah ayahku. Saya masih mengingatnya dengan nostalgia. Pria tua itu mewakili masa depan saya. Bagaimana jadinya? Apakah saya akan sukses? Menikah, lajang atau bahkan janda? Saya tidak ingin menjadi orang tua yang memberontak atau terluka. Cukup dengan gambar-gambar ini. Hadiah saya sekarang. Saya seorang pria muda berusia dua puluh enam tahun, dengan gelar di bidang Matematika, seorang penulis. Saya bukan lagi seorang anak-anak, atau lima belas tahun yang kehilangan ayahnya. Saya juga bukan orang tua. Saya memiliki masa depan di depan saya dan saya ingin bahagia. Saya bukan salah satu dari tiga gambar ini. Saya sendiri Akibatnya, tiga cermin di mana individu-individu itu muncul pecah dan sebuah pintu muncul. Ini adalah jalan masuk saya ke skenario ketiga dan terakhir.

Saya membuka pintu yang memberikan akses ke galeri baru. Apa yang menanti saya dalam skenario ketiga? Bersama-sama mari kita lanjutkan, pembaca. Saya mulai berjalan dan jantung saya berdegup kencang seolah-olah saya masih di adegan pertama. Saya telah mengatasi banyak tantangan dan jebakan dan sudah menganggap diri saya sebagai pemenang. Dalam benak saya, saya mencari kenangan masa lalu ketika saya bermain di gua-gua kecil. Situasinya sekarang benar-benar berbeda. Gua itu sangat besar dan penuh dengan jebakan. Senter saya hampir mati. Saya terus berjalan dan lurus ke depan muncul jebakan baru: Dua pintu. "Kekuatan lawan" berteriak dalam diriku. Itu perlu untuk membuat pilihan baru. Salah satu tantangan muncul di benak saya, dan saya ingat bagaimana saya memiliki keberanian untuk mengatasinya. Saya memilih jalan di sebelah kanan. Situasinya berbeda karena saya berada di dalam gua yang gelap dan lembah. Saya telah membuat pilihan tetapi juga mulai mengingat kata-kata wali yang berbicara tentang belajar. Saya perlu mengetahui kedua kekuatan tersebut untuk memiliki kendali penuh atas mereka. Saya memilih pintu di sebelah kiri. Saya membukanya perlahan; takut akan apa yang mungkin disembunyikannya. Saat saya membukanya, saya merenungkan sebuah penglihatan: Saya berada di dalam kuil, dipenuhi dengan gambar orang-orang suci dengan piala di atas altar. Mungkinkah , piala Kristus yang hilang yang memberikan awet muda bagi mereka yang meminumnya? Kakiku gemetar. Secara impulsif, saya berlari menuju piala dan mulai meminumnya. Anggur rasanya surgawi, dari para Dewa. Saya merasa pusing, dunia berputar, para malaikat bernyanyi dan dasar gua bergidik. Saya memiliki visi pertama saya: Saya melihat seorang Yahudi bernama Yesus, bersama dengan para rasulnya, menyembuhkan, membebaskan dan mengajarkan perspektif baru kepada umatnya. Saya melihat seluruh lintasan keajaiban dan cintanya. Saya juga melihat pengkhianatan Yudas dan Iblis terjadi di belakang punggungnya. Akhirnya, saya melihat kebangkitan dan kemuliaan-Nya. Saya mendengar suara yang mengatakan kepada saya: Ajukan permintaan Anda. Bergema dengan gembira saya berseru: Saya ingin menjadi Cenayang!

Keajaiban

Segera setelah permintaan saya, kuil itu bergetar, dipenuhi asap dan saya dapat mendengar suara-suara yang berubah. Apa yang mereka ungkapkan benar-benar rahasia. Api kecil muncul dari piala dan mendarat di tangan saya. Cahayanya menembus dan menerangi seluruh gua. Dinding gua berubah dan memberi jalan ke pintu kecil yang muncul. Itu terbuka dan angin kencang mulai mendorong saya ke sana. Semua usaha saya muncul di benak saya: Dedikasi saya untuk belajar, cara saya mengikuti hukum Tuhan dengan sempurna, mendaki gunung, tantangan, dan bahkan jalan masuk ke dalam gua ini. Semua ini memberi saya pertumbuhan spiritual yang menakjubkan. Saya sekarang siap untuk bahagia dan mewujudkan impian saya. Gua keputusasaan yang sangat ditakuti telah memaksa saya untuk mengajukan permintaan saya. Saya juga ingat di saat yang agung ini semua orang yang telah berkontribusi pada kemenangan saya secara langsung atau tidak langsung: Guru sekolah dasar saya, Bu Socorro, yang mengajari saya membaca dan menulis, guru kehidupan saya, teman sekolah dan pekerjaan saya, keluarga saya dan wali yang membantu saya mengatasi tantangan dan gua ini. Angin kencang terus mendorong saya ke pintu dan segera saya akan berada di dalam ruang rahasia.

    Kekuatan yang mendorong saya akhirnya berhenti. Pintunya tertutup. Saya berada di ruangan yang sangat besar yang tinggi dan gelap. Di sisi kanan ada topeng, lilin, dan Alkitab. Di sebelah kiri adalah jubah, tiket dan salib. Di tengah, di atas, ada peralatan melingkar yang tampak menarik yang terbuat dari besi. Saya berjalan ke sisi kanan: Saya memakai topeng, mengambil lilin dan membuka Alkitab ke halaman acak. Saya berjalan ke sisi kiri: Saya mengenakan jubah, menulis nama dan alias saya di tiket dan mengamankan salib dengan tangan yang lain. Aku berjalan ke tengah dan aku berdiri tepat di bawah peralatan. Saya mengucapkan empat huruf ajaib: Peramal. Segera, lingkaran cahaya dipancarkan oleh perangkat dan menyelimuti saya sepenuhnya. Saya mencium dupa yang dibakar setiap hari untuk mengenang para pemimpi besar: Martin Luther King, Nelson Mandela, Bunda Teresa, Francius dari Assisi dan Yesus Kristus. Tubuhku bergetar dan mulai mengapung. Indra saya mulai terbangun dan bersama mereka saya bisa mengenali perasaan dan niat lebih dalam. Karunia saya diperkuat dan dengan itu saya dapat melakukan mukjizat dalam ruang dan waktu. Lingkaran semakin menutup dan setiap perasaan bersalah, intoleransi, dan ketakutan dihapus dari pikiran saya. Saya hampir siap: Serangkaian penglihatan mulai muncul dan membingungkan saya. Akhirnya, lingkaran itu keluar. Dalam sekejap, serangkaian pintu terbuka dan dengan hadiah baru saya, saya dapat melihat, merasakan, dan mendengar dengan sempurna. Jeritan karakter yang ingin terwujud, waktu dan tempat yang berbeda mulai muncul dan pertanyaan penting mulai merusak hati saya. Tantangan menjadi waskita diluncurkan.

Keluar dari Gua

Tantangan ini hampir menghancurkan saya. Penyelamatku adalah Penyihir, kelelawar yang membantuku menemukan jalan keluar. Sekarang saya tidak membutuhkannya lagi karena dengan kekuatan waskita saya, saya dapat dengan mudah melewatinya. Saya memiliki karunia bimbingan dalam lima bidang. Seberapa sering kita merasa seperti tersesat dalam labirin: Saat kita kehilangan pekerjaan; Saat kita kecewa dengan cinta besar dalam hidup kita; Ketika kita menentang otoritas atasan kita; Saat kita kehilangan harapan dan kemampuan untuk bermimpi; Ketika kita berhenti menjadi murid kehidupan dan ketika kita kehilangan kemampuan untuk mengarahkan takdir kita sendiri. Ingat: Alam semesta mempengaruhi orang tersebut tetapi kitalah yang harus melakukannya dan membuktikan bahwa kita layak. Itulah yang saya lakukan. Saya mendaki gunung, melakukan tiga tantangan, memasuki gua, mengalahkan jebakannya dan saya mencapai tujuan saya. Saya melewati labirin dan itu tidak membuat saya bahagia karena saya sudah memenangkan tantangan. Saya berniat mencari cakrawala baru. Saya telah berjalan sekitar dua mil antara ruang rahasia, skenario kedua dan ketiga dan dengan kesadaran ini saya merasa sedikit lelah. Saya merasa keringat bercucuran; Saya juga merasakan tekanan udara dan kelembapan rendah. Saya mendekati ninja, musuh besar saya. Dia sepertinya masih tersingkir. Maaf aku memperlakukanmu seperti itu tapi mimpiku, harapanku, dan takdirku dipertaruhkan. Seseorang harus membuat keputusan penting dalam situasi penting. Ketakutan, rasa malu, dan moralitas hanya menghalangi alih-alih membantu. Saya membelai wajahnya dan saya mencoba memulihkan kehidupan di tubuhnya. Saya bertindak dengan cara ini karena kita bukan lagi musuh tetapi rekan dalam episode ini. Dia mengangkat dan dengan membungkuk dalam dia memberi selamat padaku. Semuanya tertinggal: Pertarungan, "kekuatan lawan" kami, bahasa kami yang berbeda, dan tujuan kami yang berbeda. Kita hidup dalam situasi yang berbeda dari sebelumnya. Kita bisa berbicara, memahami satu sama lain, dan siapa tahu, bahkan mungkin berteman. Demikianlah pepatah berikut: Jadikan musuhmu sebagai teman yang setia dan setia. Akhirnya, dia memeluk saya, mengucapkan selamat tinggal dan mendoakan saya. Saya membalas. Dia akan terus membentuk bagian dari misteri gua dan saya akan menjadi bagian dari misteri kehidupan dan dunia. Kami adalah "kekuatan lawan" yang telah menemukan satu sama lain. Inilah tujuan saya dalam buku ini: untuk menyatukan kembali "kekuatan yang berlawanan". Saya terus berjalan di galeri yang memberikan akses ke skenario pertama. Saya merasa percaya diri dan benar-benar tenang tidak seperti saat pertama kali masuk ke dalam gua. Ketakutan, kegelapan dan yang tak terduga semuanya membuatku takut. Tiga pintu yang menandakan kebahagiaan, ketakutan, dan kegagalan membantu saya untuk berevolusi dan memahami pengertian tentang berbagai hal. Kegagalan mewakili segala sesuatu yang kita hindari tanpa mengetahui alasannya. Kegagalan harus selalu menjadi momen pembelajaran. Di sinilah manusia menemukan bahwa ia tidak sempurna, bahwa jalannya masih belum ditarik dan inilah saat rekonstruksi. Inilah yang harus selalu kita lakukan: Terlahir kembali. Ambil contoh pohon: Mereka kehilangan daunnya, tapi tidak nyawanya. Marilah kita menjadi apa adanya: Metamorfosis berjalan. Hidup membutuhkan ini. Ketakutan hadir setiap kali kita merasa terancam atau tertindas. Ini adalah titik awal untuk kegagalan baru. Atasi ketakutan Anda dan temukan bahwa itu hanya ada dalam imajinasi Anda. Saya telah menutupi sebagian besar galeri gua dan pada saat ini, saya melewati pintu kebahagiaan. Setiap orang dapat melewati pintu ini dan meyakinkan diri mereka sendiri bahwa kebahagiaan itu ada dan dapat dicapai jika kita benar-benar selaras dengan alam semesta. Ini relatif sederhana. Pekerja, tukang batu, petugas kebersihan dengan senang hati memenuhi misi mereka; Petani, penanam tebu, koboi dengan senang hati mengumpulkan hasil kerja mereka; guru dalam proses belajar mengajar; penulis dalam menulis dan membaca; pastor yang menyebutkan Minggu Suci, dan anak-anak yang membutuhkan, yatim piatu, dan pengemis dengan senang hati menerima kata-kata kasih sayang dan perhatian. Kebahagiaan ada di dalam diri kita dan diharapkan terus ditemukan. Agar benar-benar bahagia, kita harus melupakan kebencian, gosip, kegagalan, ketakutan, dan rasa malu. Saya terus berjalan dan saya melihat semua jebakan yang saya kelola dan bertanya-tanya terbuat dari apa orang jika mereka tidak memiliki keyakinan, jalan, atau takdir. Tak satu pun dari mereka akan selamat dari perangkap karena mereka tidak memiliki jaring pengaman, cahaya atau kekuatan yang mendukung mereka. Manusia tidak ada artinya jika dia sendirian. Dia hanya membuat sesuatu dari dirinya sendiri ketika dia terhubung dengan kekuatan kemanusiaan. Dia hanya bisa mendapatkan tempatnya jika dia sepenuhnya selaras dengan alam semesta. Itulah yang saya rasakan sekarang: Dalam keharmonisan penuh karena saya mendaki gunung, saya memenangkan tiga tantangan dan saya mengalahkan gua, gua yang membuat impian saya menjadi kenyataan. Perjalanan saya hampir berakhir karena saya melihat cahaya datang dari pintu masuk gua. Segera saya akan keluar dari situ.

Reuni dengan Guardian

Saya keluar dari gua. Langit biru, matahari kuat dan angin barat laut. Saya mulai merenungkan seluruh dunia luar dan memahami betapa indah dan luasnya alam semesta ini sebenarnya. Saya merasa menjadi bagian penting darinya karena saya naik gunung, saya melakukan tiga tantangan, diuji oleh gua dan menang. Saya juga merasa berubah dalam segala hal karena hari ini saya tidak lagi hanya seorang pemimpi tetapi seorang visioner, diberkati dengan hadiah. Gua itu benar-benar menunjukkan keajaiban. Keajaiban terjadi setiap hari tetapi kita tidak menyadarinya. Sebuah isyarat persaudaraan, hujan yang membangkitkan kehidupan, sedekah, kepercayaan diri, kelahiran, cinta sejati, pujian, tak terduga, iman memindahkan gunung, keberuntungan dan takdir; itu semua melambangkan keajaiban hidup. Hidup sangat murah hati.

Saya terus merenungkan eksterior, benar-benar kagum. Saya terhubung ke alam semesta dan dengan saya. Kami adalah satu dengan tujuan, harapan dan keyakinan yang sama. Saya begitu terkonsentrasi sehingga sedikit yang saya perhatikan ketika sebuah tangan kecil menyentuh tubuh saya. Saya tetap dalam perenungan spiritual saya yang khusus dan unik, sampai sedikit ketidakseimbangan yang disebabkan oleh seseorang menjatuhkan saya dari poros saya. Saya beralih ke pertanyaan dan saya melihat seorang anak laki-laki dan wali. Saya pikir mereka telah berada di sisi saya cukup lama dan saya tidak menyadarinya.

"Jadi, kamu selamat dari gua. Selamat! Saya berharap Anda akan melakukannya. Di antara semua pejuang yang sudah mencoba masuk ke dalam gua dan mewujudkan impian mereka, Anda adalah yang paling mampu. Namun, Anda harus tahu bahwa gua hanya satu langkah di antara banyak langkah yang akan Anda hadapi dalam hidup. Pengetahuan adalah apa yang akan memberi Anda kekuatan sejati dan ini adalah sesuatu yang tidak akan dapat diambil oleh siapa pun dari Anda. Tantangan diluncurkan. Saya di sini untuk membantumu. Lihat di sini, saya membawakan Anda anak ini untuk menemani Anda dalam perjalanan sejati Anda. Dia akan sangat membantu. Misi Anda adalah menyatukan kembali "kekuatan lawan" dan membuat mereka berbuah di lain waktu. Seseorang membutuhkan bantuan Anda dan oleh karena itu saya akan mengirimkan Anda.

"Terima kasih. Gua itu benar-benar mewujudkan mimpiku. Sekarang saya adalah Sang Peramal dan siap untuk tantangan baru. Apa perjalanan sebenarnya ini? Siapa ini seseorang yang membutuhkan bantuan saya? Apa yang akan terjadi kepada saya?

"Pertanyaan, pertanyaan, sayangku. Saya akan menjawab salah satunya. Dengan kekuatan baru Anda, Anda akan melakukan perjalanan ke masa lalu untuk mengubah ketidakadilan dan membantu seseorang menemukan diri mereka sendiri. Sisanya akan Anda temukan sendiri. Anda memiliki tepat tiga puluh hari untuk menjalankan misi ini. Jangan buang waktumu.

"Saya mengerti. Kapan saya bisa pergi?

"Hari ini. Waktu terus mendesak.

Konon, wali menyerahkan anak itu kepada saya dan mengucapkan selamat tinggal secara damai. Apa yang menanti saya dalam perjalanan ini? Mungkinkah Sang Cenayang benar-benar mampu memperbaiki ketidakadilan? Saya pikir semua kekuatan saya akan dibutuhkan untuk melakukan perjalanan dengan baik dalam perjalanan ini.

Ucapkan Selamat Tinggal pada Gunung

Gunung itu menghirup udara ketenangan dan kedamaian. Sejak saya datang ke sini, saya belajar menghormatinya. Saya pikir ini juga membantu saya untuk menykalakannya, untuk mengatasi tantangan dan masuk ke dalam gua. Itu benar-benar sakral. Itu terjadi karena kematian dukun misterius yang membuat perjanjian aneh dengan kekuatan alam semesta. Dia berjanji untuk memberikan hidupnya sebagai ganti pemulihan perdamaian di sukunya. Selama berabad-abad, Xukuru mendominasi wilayah tersebut. Saat itu suku mereka sedang berperang karena tipu muslihat seorang dukun dari suku Kualopu utara. Dia mendambakan kekuasaan dan kendali penuh atas suku-suku tersebut. Rencana mereka juga termasuk dominasi dunia dengan seni gelap mereka. Maka dimulailah perang. Suku selatan membalas serangan dan kematian dimulai. Seluruh bangsa Xukuru terancam punah. Kemudian dukun dari selatan menyatukan kembali pasukannya dan membuat perjanjian. Suku selatan memenangkan perselisihan, penyihir terbunuh, dukun membayar harga perjanjiannya, dan perdamaian dipulihkan. Sejak itu gunung Ororubá menjadi sakral.

Saya masih di tepi gua menganalisis situasinya. Saya memiliki misi untuk diselesaikan dan seorang anak laki-laki untuk dijaga meskipun saya sendiri belum menjadi seorang ayah. Saya menganalisis anak laki-laki itu dari ujung kepala sampai ujung kaki dan segera saya menyadarinya. Dia adalah anak yang sama yang aku coba selamatkan dari cakar pria kejam itu. Bagi saya dia bisu karena saya belum mendengar dia berbicara. Saya mencoba memecah keheningan.

"Aku, apakah orang tuamu setuju untuk membiarkanmu bepergian denganku? Dengar, aku akan membawamu hanya jika itu benar-benar diperlukan.

"Aku tidak punya keluarga. Ibuku meninggal tiga tahun lalu. Setelah itu, ayah merawat saya. Namun, saya sangat dilecehkan sehingga saya memutuskan untuk melarikan diri. Penjaga itu menjagaku sekarang. Ingat apa yang dia katakan: Anda membutuhkan saya dalam perjalanan ini.

"Maafkan saya. Katakan padaku: Bagaimana ayahmu memperlakukanmu dengan buruk?

"Dia membuatku bekerja dua belas jam sehari. Makanan langka. Saya tidak diizinkan bermain, belajar, atau bahkan punya teman. Dia sering memukuli saya. Selain itu, dia tidak pernah memberi saya kasih sayang apa pun yang harus diberikan seorang ayah. Jadi, saya memutuskan untuk melarikan diri.

"Aku mengerti keputusanmu. Meskipun masih anak-anak, Anda sangat bijak. Anda tidak akan menderita lagi dengan monster ayah ini. Saya berjanji untuk menjagamu dengan baik dalam perjalanan ini.

"Jaga aku? Aku meragukan itu.

"Siapa namamu?

"Renato. Itulah nama yang dipilih wali untukku. Sebelumnya saya tidak memiliki nama atau hak apa pun. Siapa namamu?

"Aldivan. Tapi Anda bisa memanggil saya Peramal atau Anak Tuhan.

"Baiklah. Kapan kita akan pergi, Peramal?

"Segera. Sekarang saya perlu mengucapkan selamat tinggal pada gunung.

Dengan isyarat, aku memberi isyarat agar Renato bisa menemaniku. Saya akan mengitari semua jalan setapak dan sudut pegunungan sebelum berangkat ke tujuan yang tidak diketahui.

Perjalanan kembali ke masa lalu

Saya baru saja mengucapkan selamat tinggal pada gunung. Itu penting dalam pertumbuhan spiritual saya dan berkontribusi pada pengetahuan saya. Saya akan memiliki kenangan indah tentangnya: Bagian atasnya yang nyaman di mana saya menyelesaikan tantangan, bertemu dengan wali dan juga di mana saya memasuki gua. Saya tidak bisa melupakan hantu, gadis muda atau anak kecil, yang sekarang menemani saya. Mereka penting dalam keseluruhan proses karena mereka membuat saya merefleksikan dan mengkritik diri saya sendiri. Mereka berkontribusi pada pengetahuan saya tentang dunia. Sekarang saya siap untuk tantangan baru. Waktu gunung telah berakhir, gua juga, dan sekarang saya akan melakukan perjalanan kembali ke masa lalu. Apa yang menanti saya? Apakah saya akan memiliki banyak petualangan? Hanya waktu yang akan memberitahu. Saya akan meninggalkan puncak gunung. Saya membawa serta harapan saya, tas, barang-barang saya dan anak laki-laki yang tidak mau melepaskan saya. Dari atas, saya melihat jalan dan isinya di Desa Mimoso. Kelihatannya kecil, tetapi penting bagi saya karena di sanalah saya mendaki gunung, memenangkan tantangan, memasuki gua dan bertemu dengan wali, hantu, gadis muda dan laki-laki. Semua ini penting agar saya menjadi Peramal. Sang Peramal, orang yang mampu memahami hati yang paling bingung dan melampaui waktu dan jarak untuk membantu orang lain. Keputusan sudah dibuat. Saya akan pergi.

    Saya memegang lengan anak itu dengan kuat dan mulai berkonsentrasi. Angin dingin menerpa, matahari sedikit memanas dan suara gunung mulai beraksi. Kemudian di bagian bawah saya mendengar suara samar meminta bantuan. Saya fokus pada suara ini dan mulai menggunakan kekuatan saya untuk mencoba menemukannya. Itu suara yang sama yang kudengar di gua keputusasaan. Itu adalah suara seorang wanita. Saya bisa membuat lingkaran cahaya di sekitar saya untuk melindungi kita dari dampak perjalanan melalui waktu. Saya mulai mempercepat kecepatan kami. Kami harus mencapai kecepatan cahaya untuk menerobos penghalang waktu. Tekanan udara meningkat sedikit demi sedikit. Saya merasa pusing, bingung dan bingung. Untuk sesaat, aku melewati dunia dan pesawat yang sejajar dengan milik kita. Saya melihat masyarakat yang tidak adil dan tiran seperti di negara kita sendiri. Saya melihat dunia roh dan mengamati bagaimana mereka bekerja dalam perencanaan dunia kita yang sempurna. Saya melihat api, cahaya, kegelapan dan tirai asap. Sementara itu, kecepatan kami semakin meningkat. Kami hampir melampaui kecepatan cahaya. Dunia berputar dan sesaat saya melihat diri saya di sebuah kerajaan Tiongkok kuno, bekerja di sebuah pertanian. Tiket kedua lagi dan saya berada di Jepang, menyajikan makanan ringan untuk Kaisar. Dengan cepat saya mengubah lokasi dan saya berada dalam sebuah ritual, di Afrika, pada sesi pemujaan Malaikat pelindung. Saya terus menghidupkan kembali kehidupan dalam ingatan saya. Kecepatannya semakin meningkat dan dalam sekejap kami telah mencapai ekstasi. Dunia berhenti berputar, lingkaran itu bubar dan kita jatuh ke tanah. Perjalanan kembali ke masa lalu telah selesai.

Akhir

www.ingramcontent.com/pod-product-compliance
Lightning Source LLC
LaVergne TN
LVHW020441080526
838202LV00055B/5305